我不知道风是在哪一个方向吹

徐志摩诗传

吴韵汐 著

中国纺织出版社

内 容 提 要

在历史不远处的烟雨民国，诗人徐志摩的名字与康桥紧紧地交融在了一起，有人说他是世间不老的孩童，有人说他是持守童话世界的骄子。当他的生命永远地定格在最灿烂的青春年华，那首《再别康桥》似乎成了他最高昂的绝唱。当一切尘埃落定，再次缓缓展开徐志摩的生命画卷，才恍然发现，在他不长的三十几载岁月中竟充盈着如此丰富多彩的悲喜哀乐。

幸而他还有诗相伴，对于一个诗人来说，这是对心灵最好的慰藉。而于后人，在诗歌的世界里，我们得以认识一个更加真实饱满的徐志摩，在梦的清波里低洄，原来生活就在我们身边。

图书在版编目（CIP）数据

我不知道风是在哪一个方向吹：徐志摩诗传 / 吴韵汐著. -- 北京：中国纺织出版社，2015. 5 （2024.1重印）
ISBN 978-7-5180-1296-1

Ⅰ. ①我… Ⅱ. ①吴… Ⅲ. ①徐志摩—1896~1931—文学研究 Ⅳ. ①I206. 6

中国版本图书馆CIP数据核字（2014）第299845号

策划编辑：郝珊珊　　　　责任印制：储志伟

中国纺织出版社出版发行
地址：北京市朝阳区百子湾东里A407号楼　邮政编码：100124
销售电话：010—67004422　传真：010—87155801
http：//www.c-textilep.com
E-mail：faxing@c-textilep.com
中国纺织出版社天猫旗舰店
官方微博http：//weibo.com/2119887771
北京兰星球彩色印刷有限公司　各地新华书店经销
2015年5月第1版　2024年1月第3次印刷
开本：710×1000　1/16　印张：15.5
字数：137千字　定价：48.00元

他是天空里的一片云，只是偶然地投影在民国那条传奇的岁月长河里，在人世间留下璀璨的诗作后，便潇洒地飞天而去，唯余一抹念想在梦的清波里依洄。

或许从一开始，他就不属于这喧嚣的烟火人间。

今天的徐志摩，已经不仅仅是一位诗人，更是一个诗意的形容词。

回溯多年前的岁月，我们会看到一位多情的江南才子，在浓墨重彩的爱情里，描摹着诗歌的画卷。一笔一画，都是心灵的轨迹；一字一句，都是灵魂的诉说。

徐志摩生长于硖石——一个古香古色的江南小镇。他是富家公子，良好的文化氛围与教养，使他拥有了深厚的文学功底。那些沉淀于心海的墨香，正是他承载诗歌的底蕴。

每一位诗人都是热爱生活的，因为这份执着的和热爱，才写下了脍炙人口的篇章。大自然的美好，唤醒了徐志摩体内沉睡的诗魂。他深爱着大自然，也深爱着这个世界，乃至世界上的每一个人。

不过，世人所熟悉的，不是他的博爱，而是一生的情爱。他近乎疯狂地追求着心爱的女子，摒弃了世俗礼教，甚至大胆休妻。林徽因，那个温婉如玉的女子是他一生的牵挂，甚至最终的死亡，也只是为了她的一场演讲。

后来，他爱上了朋友之妻陆小曼。这一场爱情，更是为世人所不容。婚礼上，证婚人给予他们的不是祝福，而是咒骂。即便是这样，他还是勇敢地承担了这份爱。

他的一生，只有短暂的三十六场春秋。曾经，他在诗歌里天真地写下"想飞"的句子，有谁会想到，一句诗竟一语成谶。那一年，他飞离了地面，从此再不曾回到人间。

一生倥偬，从此只留下世人枉自嗟叹。而他的诗歌，他的故事，却成了人世间永恒的传奇。

目
录

误入了人间险峻的围城

第一节 来到生疏人间

江南，历来便是总有万千柔情之地。不是天堂胜似天堂，芳菲香软满是人间。巍巍青山，楼宇亭台，小桥流水，蕴藏着所有浓得化不开的美好。

江南好，怎不忆江南。它孕育了千年的美丽，更孕育无数动人心魄的故事，以及那故事中一波又一波柔情散尽的人儿。

有一位诗人，历经了岁月的涤荡，用他独有的浪漫、柔情，真挚而又热烈的方式，在江南名人这座丰伟之碑上刻下了他鲜活的名字。而他出生的那一片土地，就像他留下的诗句一般，美得镌刻进了岁月里的每个角落。

硖石，就是这里，一个让徐志摩甩掉前世的负累，赤条条穿过恒久的轮回，缓缓而至的地方。从这里开始，他的人生便是如光如电又如梦幻泡影一般——绚烂，短暂，却让人无法忘怀。这是一座用尽天下形容词，也难以道尽其魅力的城市。

这是一个隶属于浙江海宁市的城镇，被东西两座山环抱，终年草长莺飞，绿树成荫，青山如黛，风景十分秀丽。

小城虽小，却因为位于水陆要道，商业发达，经济繁荣。

城中，一条硖河缓缓流淌，流过了繁华，也流过了山野的荒芜，显得睿智、沉醉又荡漾。

闹市区里，坐落着一座古老堂皇的四进大宅——保宁坊。宅子前门临街，后门傍河。豪华而不失典雅，威严又不失温婉，大气婉约不过如此。宅子的主人姓徐，祖籍河南，明朝正德年间举家搬迁至此，此时的当家老爷徐老先生名民枢，字星匏，略通文墨，清朝时捐过副贡生，但其主要还是以经商为业。

徐老先生次子徐光溥，字申如。这位申如先生，颇有胆识学问，富有正义感。老先生过世之后，徐申如继承父业，在经营中不断扩大家族产业。除本乡的各大庄园和钱庄之外，他还投资开办了硖石电灯厂、蚕丝厂、布厂、票庄银号等。然而他不仅仅将目光局限于当地，更在沪杭两地经营工商业务。

一时之间，徐申如名声噪起，已成为家族势力中的佼佼者。而他能够在家乡得到众人的一致拥戴，当归功于硖石的铁路修建。

沪杭铁路修建时，徐申如正是主要股东之一。他打破层层阻拦，力争在铁路东弯时经过硖石。无疑，这一条通向远方的铁路线，为硖石经济的发展做出了巨大贡献。

很快，徐申如便成为硖石商会会长，一跃成为硖石首富。在当地的极高威望让徐申如的声名得以远播传扬，使他在沪杭一带也大有名气。那是徐申如在事业上最为风光的巅峰时期，同时，他也享受着家庭的美满和谐。

徐申如早年娶妻，遗憾的是，婚后不久夫人便因病去世。伤痛之余，徐申如必然得顾念家族后代，便有了续弦——温婉的钱小姐。

似乎，一切传奇而美好的开端就此开始。

光绪二十二年，也就是 1897 年 1 月 15 日，这是一个平常的日子，许因大雪纷飞，又恰逢新年将至，城内的喜庆之情十分浓厚。人们在喜悦中期盼着来年的好收成，在欢声笑语中静静等待新年的来临。而徐家，更是有着天大的喜悦。

怀胎十月的徐夫人，在全家人的期盼中，终于有了生产的迹象。

徐申如既兴奋又紧张，他即将为人父，心中的滋味百般混杂。他遣人请来经验最丰富的产婆，在门外焦急守候。看着下人们端水递剪刀进进出出，而他什么都做不了，只能静静坐着。额头上悄悄沁出的汗珠，是他内心的真实显现，此刻他感觉到一种巨大的不安。危险和紧张同时撞向内心，这比谈生意更让他坐立不安。

这个在商场上叱咤风云的男人，此刻只是一个平凡而伟大的父亲，一个坚强如山的丈夫。他在心底默默祈祷着，祈盼着母子平安。

突然，整个世界安静了。徐申如心下一紧，十指紧扣掌心。他内

心忐忑不安，隐隐害怕着什么。屏住呼吸细听，终于，一声啼哭从嘈杂的声音中响亮传出，直击在申如先生的耳中。如此洪亮，如此有力，他的心总算落地。

冬季的凛冽寒风从厅前刮过，一个激灵打醒了徐申如，来不及顾及其他，他便拍掌顿足畅声欢笑。木门打开，他见到产婆的笑脸，目光下移，便是被裹在襁褓中的小小婴孩。

产婆的声音变得真实："母子平安，夫人给老爷生了位少爷，恭喜老爷。"

徐少夫人为徐家产下长孙，这对于整个家族来说，都是一件极大的喜事。紧张气氛终于告一段落，眼看新年将至，大家在庆祝新生儿的降临之时，也积极地准备着年货，喜庆地迎接新年。

孩子的诞生，让徐家的这个年变得有些不一样。寒冬之中，温暖和热闹盖过了一切。这是喜上加喜的一年，寓意着无限的平安喜乐。

人们欢庆着徐家有后，却在无形之中，也迎来了未来中国文坛上的新星。爆竹声声，烟花绚烂，照亮了婴儿柔嫩的面庞。谁能料想，这个贵族公子，在多年以后，却成了响彻中国文坛的新月派诗人。

彼时的小婴儿，显然不会有心思去书写缠绵诗句，他只爱睁大无邪的双眼，会闹会笑，吃饱睡好，在一家人的疼爱中茁壮成长。

徐申如思虑良久，最终为儿子取名章垿，字槱森，小名幼申。

毫无疑问，徐志摩自出生之日起，就注定了一生不凡。他会在簇拥和注目中绚烂地度过，时刻养尊处优，锦衣玉食。

时光飞走，转眼便又是一轮春夏秋冬。

一年后，这个头大、脸长的婴孩便到了“试儿”的大日子。小小的孩童穿着百家衣，被家人轮流地抱在手里逗乐玩耍。桌上放满了笔、墨、纸、砚等各种玩意，只等着他伸手去抓。这是中国的古老传统，据说孩子在周岁的时候，抓住哪一样事物，就象征着以后他会从事什么样的行业。

徐家是硖石的望族，孩子抓周也便成了一件大事。一时间，众多邻里乡亲都挤过来凑这个热闹，里里外外全是人，几乎把偌大的徐家占满。

徐志摩好奇地看向周围人们，大家也都注视着他。命运，在许多时候大抵如此。生来的轨迹，带着逃不掉的束缚。他自幼便是焦点，生活在人们的注视之中，永远被世人关注。

良久，小小的志摩终于伸出了手。他在盘中一阵乱推，看似什么都在抓，却又什么都没抓进手中。

正在当时，门外走进来一个和尚，高瘦而颇具风骨。眼见此人不凡，人群自动为他分开出一条通道。

和尚名叫志恢，自称能够知晓天事，卜卦算命，并且还能预测未来。徐申如向来为人和善，极尊重人，此刻见对方那几分世外高人的风骨，便请他为幼子卜上一卦。

志恢伸出手掌，在孩子头上抚摸了一阵，道：“此子系麒麟再生，将来必成大器。”

此话一出，满座皆喜。无人能够保证，彼时的志恢和尚确实是看到了徐志摩的未来，然而，这样一番话已足够打动彼时的众人。所有人，都对徐家公子充满了希望，仿佛他就是上天赐给徐家的活宝。

徐家盛情款待了志恢和尚，他们深信，孩子未来必有所成就。而为了印证这一福音，徐申如甚至在孩子出国之际，改掉了孩子的原名，取志恢和尚抚摩之事，唤作“徐志摩”。

幼年徐志摩的成长经历，颇似《红楼梦》中的宝玉。他被祖母和母亲呵护宠爱，疼在心尖。两个慈祥温厚的女人，一个当家主母，一个老辈核心，她们就是志摩最大的保护伞。

时光恍如细沙般悄然在指缝间滑过，无声无息。这襁褓里的婴孩渐渐长大，细小的身子，顶着一颗大大的脑袋，一双清澈明亮的大眼睛怀着新奇与懵懂，不停地打量着这个世界。徐志摩天生聪颖，机灵活泼，深得全家人的宠爱，尤其深得祖母的喜爱。

老祖母心疼孙子，无论何时，简直把他当作心头肉一般溺爱不已。每当她听见孙儿奶声奶气的声音，这位雍容华贵的老妇人，便没有了外人面前威严的样子，她整个心都被自己的小孙儿融化了，变得无限温柔。

平时只要是徐志摩来到她身边，祖母便变戏法似的为孙儿拿出各式各样的好东西，或是三片状元糕，或是几个蜜枣；对于年幼的孩童来说，这是莫大的幸福了。若是小志摩有一点点的不适，那她便是整日整夜地安稳不下来。祖母虽然不识字，但是很能讲故事，夏日乘凉，微风习习，徐志摩常常娇嗔地依偎在祖母的怀抱里，听祖母用慈祥而略带沙哑的嗓音构建一个神奇的童话王国。什么是命根子，对于徐家的老人来说，徐志摩就是谁也动不得的命根子。

相应地，志摩对于祖母也有着深深的依赖和不舍。徐志摩称颂她是“爱我疼我宠我的好祖母”，说自己是祖母“最钟爱的孙子”。祖母的爱，让他看到世间的温暖和美好，他从不担忧寒冷与黑暗，因为有祖母的地方就一定是安全的。而他，对于祖母深情之爱的回应，也表明了自己从未忘怀那些过往。后来 1923 年秋天祖母离世，26 岁的徐志摩满怀深情地写下了万字长文《我的祖母之死》，文中回忆起自己幼时和祖母相处的日子，真挚动人。

早上走到祖母的床前，揭开帐子叫一声软和的奶奶，她也回叫我一声，伸手到里床去摸给我一个蜜枣或三片状元糕，我又叫了一声奶奶，出去玩了，那是如何可爱的辰光，如何可爱的天真。……她爱我宠我的深情，更不是文字所能描写；她那深厚的慈荫，真是无所不包，无所不蔽但她的身心即使劳碌了一生，她的报酬却在灵魂无上的平安；她的安慰就在她的儿女孙曾，只要我们能够步她的前例，各尽天定的责任，她在冥冥之中也就永远地微笑了。

文笔之下，性情自放。

文中的一声又一声的呼唤，让人们在文字中，也能够想象出那甜甜的声音来，那是像是糯米一样的柔软香甜，又带着温热气息。

彼时来世不久的孩子，带着满身的困惑接受着柔情，初来人间的恐惧，也早已被这柔情悄然化开，剩下的便是那无尽的放浪形骸。

如果说，祖母的爱宠促使志摩自幼放任性情，那徐母的爱，更教给了志摩无尽的温厚缠绵。

大户人家，向来习惯给孩子请专奉的乳母。徐家历来也是如此，单到了徐志摩这里，一切却拐了个弯。徐母爱子情切，拒绝聘请奶妈来代替自己哺乳孩子。

于徐志摩而言，他生命中的女性窗口，都从这里打开。

温柔善良勤劳的徐母，不仅影响了徐志摩对于待人接物的认识，让他体验到母子亲情的那份醇厚与美好，更让他对女性有了独特的细腻认知。缱绻情深，都来源于家庭和书本的熏陶。

徐志摩对于母亲的深爱，从不压抑在心头。他的真性情，更让他懂得表达感情。所有炽热的爱，都流过他的笔尖，落在纸页上，化为文字动人的美丽诗篇。

那一首《给母亲》，令无数读者潸然泪下——

“母亲，那还只是前天
我完全是你的，你唯一的儿；
你那时是我思想与关切的中心：
太阳在天上，你在我的心里；
每回你病了，妈妈，
如其医生们说病重，
我就忍不住背着你哭，

心想这世界的末日快来了；

那时我再没有更快活的时刻，除了

和你一床睡着。

我亲爱的妈妈，

枕着你的臂膀，

贴近你的胸膛，

跟着你和平的呼吸放心地睡熟，

正像是一个初离奶的小孩。

……

为人子女，远在天涯之时最为担忧的便是双亲的身体。孩子逐渐成长，霜华却印刻上父母的脸庞。每每思及此，徐志摩便不由得内心抽痛。他的爱，他的痛，在诗歌中那样直白地流露。他思念母亲，牵挂母亲，流落的泪不是胆小，而是一种长长的无助。

从小浸润在爱的世界中成长，徐志摩自幼便对这些儿女私情格外敏感，他深深地眷恋着亲情世界中为他提供的温暖港湾。

此刻，诗中的诗人，只能够想象那些过往的美好曾经。或许，这是一种自我麻痹。在回忆中渐渐疏远，渐渐离世，在恍惚之境，贪恋母亲给予的温暖和安全。母亲就像那天上的太阳，温暖，常在，给他带来光明。这一轮太阳不在天边，只深在诗人的心中，成为他生命的动力，促动他血液的循环。

那最最温热的胸膛，那最最令人安心的臂弯，那曾经维持住自己生命的哺乳源泉，此刻都成为诗人最怀念的东西。

诗歌中流露出来的，是徐志摩的原始渴望，是他内心深处最为真切的爱。因为爱，所以真。因为真，所以动人。

日后的徐志摩性情诚挚温柔，善与人交往，成为“人人的朋友”。这与家人对他的疼爱娇宠不无关系，她们宽容温情的性格对他影响颇深。

古语有云：女大避父，男大避母。

一向遵照传统办事的徐家，在这件事上，偏偏也是例外。徐志摩在婚前，依然和母亲同寝一床。母子之间的感情，可谓是亲密之至。或许这是一种常人难以理解的现象，然而如果细思，这其中的深情和柔软，定是足以让人落泪。

如果可以的话，徐母一定希望她跟儿子的亲密无间是一种永恒的存在。这世间风雨再大，都不能够分开他们的心。在母亲心中，徐志摩是她的心头柔软，是个永远不会长大的孩子。

祖母和母亲，是徐志摩生命初始时的两个至爱女人。她们有着温柔的笑，有着甜美的音，有着对他超越一切的爱，她们在他的生命里造成了巨大的影响。所以，他那些为她们而来的许多缠绵诗句，正是从他心底，从幼时的年岁，抽丝剥茧，缓缓而跃于笔尖之上。

世界，向这个初来乍到的婴孩，逐渐展示它复杂的面孔。而温暖的家人和温暖的爱，在志摩身后形成一道柔韧的屏障，在那些初生的岁月，为他拂去恐惧和忧伤，从而使他保留了一颗最为澄澈透亮的玲珑心。

第二节 去吧，梦乡

似真似幻，如梦又真。那些纷纷扰扰凡俗红尘，都不曾落入徐志摩的眼中。

徐志摩这样一个潇洒之人，只爱天边的白云清风，只爱山下的小溪嫩草。繁杂的人间烟火，都被他纯澈的心过滤。在他心中，人间唯情至真至净。

汤显祖在《牡丹亭》中，曾这样谈到“情”字：“情不知所起，一往而深，生者可以死，死者可以生。生而不可与死，死而不可复生者，皆非情之至也。”

诚然，徐志摩便是如此。而在他未来的人生故事里，也确实让世人见到了一个至情至真、才华横溢、风流有度的才子。

徐志摩的一生，宛若一个华丽的梦境。他文采斐然，他潇洒倜傥。显赫的家世，给了徐志摩快乐无忧的童年，给了他优越的生活。梦中有他的诗、他的情、他的爱，还有他如烟花般的灿烂与落寞。

这场梦的故乡，在他生长的地方。而为他编织这场梦的，正是他那在商场上叱咤风云的父亲——徐申如。

父爱与母亲和祖母的温柔细致之爱不尽相同。徐申如给予孩子的爱更为隐忍而严肃，就像是无言的青山，又好比参天的巨木，又仿佛滔天巨浪。

徐申如极少娇惯徐志摩。或许是男人有一种与生俱来的责任感，徐申如忽略了孩子的童趣，更希望徐志摩成长为一个严谨而成熟的接班人。

他以身践行，用一种传统的父辈教育方式，告诫徐志摩，作为一个男人应当肩负怎样的责任。在幼年的志摩眼中，父亲就是泰山之神。他的身躯高大而沉稳，他的语言充满了力量，他那一双眼睛中，写满了威严和自信。他在一言一行之中宣告自己家长的威严。

在那个动荡的岁月中，徐申如为儿子编织了一个美梦，让徐志摩远离了尘世的烦恼，让徐志摩在动乱的年代中能够享尽安稳宁静。即便有时，父亲不得不在他犯错误时对他进行责骂，那终究也是平淡生活中浓墨重彩的一个鲜明的记忆，生动却又美好。

的确，相对于战争的残酷来说，一点点皮肉之苦又算得了什么？

似乎，除了追逐不到天边的彩霞，院子里的蝴蝶又悄悄逃跑这样的失落和懊恼，真正的烦恼和忧愁，他还未曾遇到。

徐家的宅院成了徐志摩的梦之乡。在这片如女人唇瓣般轻柔的梦乡，小小的志摩，总是开心快乐地雀跃在徐家的每一个角落。那双闪烁着对世间万物好奇之光的眼睛，时刻都在搜寻着他感兴趣的一草一木，一事一人。

在徐家，除了父母亲人，徐家一个名叫家麟的老仆，是徐志摩最喜欢亲近的人。

家麟老实忠厚，善良朴实。岁月并不宽待善心人，年华的脚步踏过他们的面孔，留下一道道鲜明的印记。家麟有着苍老的容颜，每一道皱纹都好似镌刻了时间的精华。因为，他似乎总是有一肚子有趣的故事，志摩最爱那些在他的唇齿之间鲜活动人的故事。

那些年，每到夏夜，小志摩都会静静地坐在家麟的身旁，等待着一场新的传说。

夜色变得神秘，夏季特有的温热气息萦绕在身边，世间变得很安静，徐志摩只能够听得见自己的呼吸声。绿绿的西瓜灯里，有轻轻微微的烛光攒动，摇曳了一整晚的悠闲时光。

纵然是夜夜都听，家麟口中的故事却好似讲不完似的，从古至今，从神话故事到市井趣闻，从牛郎织女到岳母刺字。那些故事，都深深地刻进了志摩小小的脑海里，故事里的光怪陆离，激扬人生，在他幼小的心中播下了浪漫主义的种子，促使他爱上文学这块肥沃的土地。或许在这故事的世界里，徐志摩受到了最早的文学启蒙。

那些夏夜里，家麟为他带来的，是看不到摸不着的对于生活和自然的热爱，是对于文学最原始的渴望的冲动，这不是书本知识，却为他展示了世界和人生的奇妙。家麟在他心中，就像一个引路人，引领着小小的他，遨游古今。

徐志摩对这个老仆有着深厚感情。在家麟死后，他还以家麟为原型撰写了一篇小说，以表示对他深深的怀念。

时光的车轮悄然无声地推载着这个稚嫩的志摩，让他渐渐成长。

一直对于徐志摩有着极高期望的父亲徐申如认为，家族大业是徐家人的责任，他辛辛苦苦打下的江山事业，总需要一个完美的后人来接手管理。徐志摩作为徐家唯一的公子，便逃脱不了这样的责任。

深门大户，富贵门庭，却往往被高墙束缚得不能够呼吸。徐申如来不及理会孩子的想法，只能够用父者长辈的目光，俯视孩子的成长，希望自己的孩子有朝一日会将家族发扬光大。

怀着这样一种期盼，徐申如迫不及待地结束了儿子无忧无虑的生活。4 岁那年，徐志摩便开始了另外一种新生活。他离开了祖母的床边，离开了母亲的怀抱，离开了家麟的故事，离开了家中小院的蝴蝶蟋蟀，走向了书山墨海。徐申如为儿子请了家塾，徐志摩由此开始接受教育。

徐志摩的启蒙教育，和当时所有的孩子一样，从古文开始。对于一个孩童来说，这样的学习生活无疑是枯燥无趣的，徐志摩的表现却出人意料。晦涩古板的古文古字教育，并没有给这个 4 岁的孩童带来被束缚的不快之感。

徐志摩平静地接受了新环境中的一切。他端坐在案几前，目不斜视，任庭院中的花草虫鸟如何沸腾，都无法吸引去他的注意力。或许是天性使然，当他的手指翻过一页页泛黄的纸张，当他嗅到墨汁特有的芬芳，他感觉到一种前所未有的契合。

他是爱极了文字。在书本之中，他甚至找到了超过庭院乐趣的一切。死板的文字在他的眼中变得鲜活灵动，而笔画之间的构造，也仿佛异国图画，充满了新鲜意味。

徐志摩不仅没有排斥他的学习生活，反而表现得出奇惊人。教书先生阅人无数，也不禁夸赞他聪敏好学，小小年纪即有神童之相。

听见教书先生夸赞志摩“初学聪明超侪辈”，徐申如当然十分高兴，这是他在商场上不曾体会到的别样的骄傲和幸福。

光阴转逝，又过了一年，徐志摩的学习成绩渐渐攀升。为了让他得到更进一步的发展，徐申如遍访名师，终于找到当地一位十分有学问的贡生——查诗溥。一番邀约之后，徐志摩被查先生收下了，自此，5 岁的志摩便跟从他学习古文。内容跟旧时学堂一般，都是四书五经。

那时的徐志摩，还是一个正在换乳牙的黄齿小儿。寻找轻松快乐的环境，是这个时期所有小孩的原始本能。徐志摩年长了一岁，便有些坐不住了。尽管他依然带着孩子的心灵，爱玩爱闹，但他仍旧在单调的学习生活和古板严厉的老师的教育下，成长得更为优秀。

从这时，便能看出徐志摩与文学的缘分，那是一段无法割去的心灵相通。他并没有被沉闷的课堂带着变得沉默寡言，相反，徐志摩在这里找到了更加广阔的新世界。

如果可以，大有人愿意称赞徐志摩为新世纪神童。他在年纪尚小时，便精通古文，擅长诗文，让人不得不对他刮目相看。而他的身份，也不再仅仅是首富的儿子，渐渐有了另外一层光环围绕着他。本就出身富贵的他，还有着旁人望尘莫及的出类拔萃。

徐志摩在这样的环境下，汲取着老师授予的知识，因而打下了非常扎实的国文基础。也是从那时起，他便拥有了一双能够发现人间至美的眼睛。

对于徐志摩来说，世间事物无非大小，只关乎美丑。他爱那些极细微却柔美的事物，也爱极壮阔的风情。细腻敏感的文人心思，让他有着成为诗人的天赋；而后天的塑造，更加帮助他挖掘出了潜在能量。

七年的漫长光阴里，徐志摩体会到了童年的欢乐与悠扬。他的课业非常成功，可是课业也只是他生活中的一部分，他依然像无数小孩一样，喜爱着风、追逐着云、爱着那些有趣的小玩意。

他快乐地接受着世界给予他的一切。他安然地躺在这样的一片温柔的梦乡。

童年的光阴流走飞逝，也正因如此，才变得宝贵而令人怀念。那些纯白的烂漫，那些纯真的可爱，往往被众多的诗人赞美与歌颂。即便是多年后的志摩，回忆起那些私塾旧时光，令他记忆深刻的，仍是那些漫然放飞思绪的快乐。

他挥袖执笔，在纸上潇洒地写下了那首《东山小曲》：

早上——太阳在山坡上笑，

太阳在山坡上叫：

——看羊的，你来吧，

这里有粉嫩的草，鲜甜的料，

好把你的老山羊，小山羊，喂个滚饱；

小孩们你们也来吧，

这里有大树，有石洞，有蚱蜢，有小鸟，

快来捉一会盲藏，豁一个虎跳。

中上——太阳在山腰里笑，

太阳在山坳里叫：

——游山的你们来吧，

这里来望望天，望望田，消消遣，

忘记你的心事，丢掉你的烦恼；

叫化子们你们也来吧，

这里来偎火热的太阳，胜如一件棉袄，

还有香客的布施，岂不是好？

晚上——太阳已经躲好，

太阳已经去了：

——野鬼们你们来吧，

黑巍巍的星光，照着冷清清的庙，

树林里有只猫头鹰，半天里有只九头鸟；

来吧，来吧，一起来吧，

撞开你的顶头板，唱起你的追魂调，

那边来了个和尚，快去要他一个灵魂出窍！

轻盈跳跃的节奏，伴着欢快可人的旋律，镜头似乎在一点点地移动着，向一切自然万物发出了呼唤和号召。这种人与自然和谐共生的状态在少年徐志摩的笔下竟然能够体现得如此淋漓尽致。画面之中始终隐现着爱自然的少年形象，细细读来，让人感到无尽的青春气息。

诗歌之中，没有等级之分，跨越了人与自然的界限，超越了一切。这里只有自然，只有天人合一的美好渴盼。在山坡之上，在树石之间，孩子看到那些景象奇观，看得见的看不见的，通通都出现。

多么自然的情感流露，丝毫不做作的慵懒时光，徐志摩把少年时期那一抹放浪不羁跃然纸上。

这自然之间，这岁月之中，充满欢愉和自由。这幽幽世界，呼吸之间，不懂禅语皆是禅。他放逐着自己融入这风光，整颗心都在飞翔。

自然的环境让徐志摩受益无穷，在成年之后对于爱、美与自由的追求，让人忍不住为徐志摩幼时所受到的熏陶欣喜。在许多年后，当他重新回忆起这段难忘的经历，不得不感叹道：“我生平最纯粹可贵的教育是得之于自然界，田野，森林，山谷，湖，草地，是我的课室；云彩的变幻，晚霞的绚烂，星月的隐现，田野的麦浪是我的功课；瀑吼，松涛，鸟语，雷声是我的老师，我的官觉是他们忠谨的学生，受教的弟子。”

“我们的诗人志摩先生，就是诞生在这样的空气，这样的颜色，这样的神味的一个乡绅人家里面的。”优越的生活条件，自由的成长环境，自然与爱的滋养之下，这一切都使徐志摩纯真善良的天性和浪漫的情操得以充分发挥。

第三节 显焕的旭日

当昨日晴朗化作今日清风，年少疯长，徐志摩逐渐脱下稚嫩的模样，有了瘦瘦长长的骨骼躯干。他仍然是众星环绕的光芒中心，人们依然为他喝彩鼓掌。

那双纯澈的眼眸，正焕发出异样光彩。闪烁着求知的眼睛，从过去的时光穿向未来，拥有着无限的神奇魔力。如今的志摩，有一种坚定的方向。

七年时光，眨眼而过。

光绪三十三年，走在商业前沿的徐申如，跟随时代步伐，率先将 11 岁的徐志摩送进了硖石的第一所洋学堂——开智学堂。

如果说，古文诗情是志摩所有浪漫情怀的发源之初，那么，开智学堂则打开了他人生第一幅世外的画卷。

坐落在西山脚下的开智学堂，亭潭掩映，青山绿水，风景极佳。美丽的自然风光常常吸引着徐志摩和诸多小伙伴相携出游，接受这自然的熏陶。

洋学堂，不同于传统学堂，更加不同于私塾。开智学堂开设的课程很丰富，有国语、数学、英语、音乐、体育等课程。最关键之处在于，学生们可以根据自己的喜好，选择自己愿意进修的课程。

对于从来没有得到过自主权的孩子来说，这无疑有着巨大的吸引力。他们第一次能够为自己所爱作出选择，支配自己的人生，那样的欣喜难以言表。

徐志摩第一次知道，原来学习，不只是诗词歌赋、琴棋书画。天地之大，尽在学习之中。能够学到多少，方能够看到多少。人生的奥秘，便也隐藏在其中。

在沉寂的私塾中，尚且能领悟学习之外乐趣的徐志摩，到了这里，更加把学习当作了人生之大乐。

七年的磨砺，一剑露锋芒。

徐志摩因为有着坚实的基础，国文成绩最为出类拔萃。他所作的文章，常被老师当作范文在课堂上宣读。

这位老师姓张名树森，字仲梧。在硖石当地名气十足，作为桐城学派的古文家，他自然是饱读诗书，满腹经纶，在古文上造诣极高，因而被称为“两脚书柜”。

年纪轻轻，有如此才学，又得到张先生无比的认可和推崇，徐志摩很快便风靡全校，让众师生赞不绝口。

人生在世，子女的荣光便是父母的荣光。眼见儿子有此荣耀，徐申如自然是十分骄傲的。在将他培养成为一个合格的继承者之前，他的每一份成绩，对于徐申如来说，都是弥足珍贵的。然而，作为父亲，他为儿子感到骄傲的情绪，已经是一种按捺不住的自得了。

在许多的聚会之中，徐申如常常借由讨教名义，来宣读徐志摩的文章。听着朋友们的赞誉声，徐申如一边谦虚，也一边暗自满足。

如果年少的徐志摩能够看透父亲的心，那该是多么沉重的一种寄托。他对于徐申如来说，就是未来，不仅是他一个人的未来，更是徐家的未来。那一种期盼的心思，天下父母皆有，而落实到每一个子女身上，这心思却是独一无二。父母之爱子，则为之计深远。只可惜，这深远大计，并非是徐志摩内心所求。

彼时徐志摩尚无束缚，尽享着恣意飞扬的年少光阴。他在众人的鼓励和熏陶下，在家人的殷殷期盼之中，向着未来勇往直前。

那年，徐志摩 13 岁。他挥毫洒墨，洋洒写出了一篇大气恢宏的文章——《论哥舒翰潼关之战》。在文章中，他发表了自己对唐朝安史之乱期间潼关之战的评论，用独到的眼光评点历史过往，评说古人。文中有热血豪情，也有明晰的逻辑。其文采辞藻，更是斐然。

夫禄山甫叛，而河山二十四郡，望风瓦解，其势不可谓不盛，其锋不可谓不锐，乘胜渡河，鼓行而西，岂有以壮健勇猛之师，骤变而为羸弱顽疲之卒哉？其匿精锐以示弱，是冒顿饵汉高之奸谋也。若以为可败而轻之，适足以中其计耳，其不丧师辱国者鲜矣！欲挫其锐，非深沟高垒，坚壁不出也不可，且贼之千里进攻，利在速战，苟与之坚壁相持，则贼计易穷。幸而潼关天险，西连京师，粮运既易，形势又得，据此以待援军之集，贼粮之匮，斯不待战而可困敌也。哥舒之计，诚以逸待劳，而有胜无败之上策也，奈何元宗昏懦，信任国忠，惑邪说而诅良策，以至于败。故曰：潼关之失实国忠而非舒也……

如此大气的文章，如此成熟的观点，让人难以想象是出自一个13岁少年之手。霎时间众人明白，没有任何事物，能够阻挡徐志摩的个人成长。犹如雨后春笋，破土而出的力量惊人不已。

开智学堂，打开的不只是徐志摩的知识智慧，更多的是他的眼界、他的思想以及价值观。徐志摩找到了新的方式去关注世界，知道了更遥远的他方，有着他难以想象的繁华模样，也有着他从未看到过的战争残酷。

时事，是徐志摩与社会的第一道联系。

时值二十世纪末，清朝政府已岌岌可危。中华大地之上，狼烟烈火呈燎原之势不可阻挡，也烧到了徐志摩的家乡。

思想的热情，早先于战争到达了徐志摩的胸膛。在好奇心和求知欲的驱使下，他开始阅读大量的报刊。这其中，正有孙中山在日本创办的《民报》。这些热血沸腾的先进思想，让他有一种找到落脚点的欣喜，源源不断地，带给他一波又一波的冲击和思考。

他爱那些充满斗志的人们，他爱他们宣讲的自由思想，他爱那些追求幸福和平等的标语。这些，都能够唤起少年的热血，都在不停地激发着少年的战斗力。像是最渴望的热情，深埋的祈盼，得到了突然的爆发，徐志摩在那一刹那看到了新生。

1910 年，正值辛亥革命爆发的前一年。经沈钧儒先生介绍，徐志摩和表兄沈淑薇，双双进入当时整个浙江最好的中学——杭州府中学堂进行学习。杭州府中学堂俗称杭州府中，作为浙江最好的学堂，吸引了众多富商名流之子，这个学校在 1913 年改名为浙江第一中学校后，又改名为浙江省立高级中学、杭州第一中学。当时的徐志摩在杭州府中学堂的学习生涯，对他最初的文学积累起到了极为重要的作用。

徐申如望子成龙已久，为了让徐志摩进入这所声望颇高的名校，可谓是费尽周折。徐申如借助着姐夫蒋谨旃与时任浙江省咨议局副议长的沈钧儒之间的沾亲之交，让徐志摩进入杭州府中学堂学习之事得到了沈钧儒的举荐，通过层层关系，最终得到了杭州府中的监督（校长）邵伯絅的同意。

这一年，徐志摩 14 岁。个儿不算高，却头大脸长。他性格活跃，素爱笑侃，大家也都爱和他开玩笑，便有了“头大尾巴小的顽皮小孩”的绰号。

不过，即便是这等不雅绰号，都丝毫不能影响徐志摩成才成名。

即使是在培育出众多名人，如鲁迅、朱自清、丰子恺、叶圣陶、夏衍的杭州府中，徐志摩依旧能够以他独特的魅力，征服所有人。

杭州府于他而言，是全新的世界。无数的先辈曾经从这所学校走出去，他们代表着先进和智慧。他们人人手持利斧，披荆斩棘，开拓出另一篇广阔原野。

这里，是一片比硖石远远要广阔的土地，而在这里的徐志摩，也便有了更大一片天空去遨游。

“天纵英才笑痴狂”，能够放浪形骸率性行走的人，必定有过人的胸襟和高出世人的眼光，徐志摩便是如此。他早已不在乎俗世的浊浪滚滚，他知道，重要的是自己的心。

当时杭州府中开设了国文、数学、英语、化学、物理、地理等科目，这让徐志摩从此大开眼界。凭借着傲人的天资和积极的努力，徐志摩的成绩始终名列前茅。节节攀升的课业，就像是他人生辉煌不断的前奏。

他出众，不仅是他最为骄傲的国文，其他任意一门学科他也都非常的优秀。似乎，成为第一是轻而易举的事情。他不需要绞尽脑汁，不需要埋头苦干，便能够轻松领悟那些奥秘。

当时杭州府中有这样的规定，谁能够拿到第一名的成绩，便可成为当之无愧的级长。这对于正在府中上学的同学来说，是一种至高无上的荣耀。正如曾经在开智学堂，学生们能够自主选择课程一样，那让学生享受到了一种自我。成为级长，也意味着这样一种特殊的特权，更意味着无上荣光，因此吸引着莘莘学子追逐而行。

然而，只要有徐志摩在，级长之位，对于其他学子来说，就是一个遥不可及的梦想。徐志摩在府中上学五年，也就毫不客气地担任了五年级长，这是他的优秀所换来的奖赏。

如今，每当人们忆起徐志摩，总会浮想起那戴着金丝边眼镜的斯文书生。他的容颜素净，眉目疏朗，温和的模样不具有任何攻击性。他看似文弱，却总是爆发出巨大的能量，在不经意之中，带给人们意外的惊喜。

才气愈盛，徐志摩的名号也就愈加响亮，而关注他的人也就越来越多。在许多崇拜者的眼里，他是一个举止优雅有教养的公子，无论是他的高谈阔论，还是他的嬉笑逗趣，抑或是他的安静沉默，都带有有一种别样风味。

而徐志摩来不及关心这些，除了社会上的风起云涌，他更多的关注，倾向于自然和自我。

诗人的迷狂，诗人的跳跃，在徐志摩的身上，得到充分的展现。他的爱，是永恒的流动河流，绝不为了一座青山而停下脚步。

爱花，他便将花描绘成世间最为美妙的事物。但你的目光还没来得及跟上，他便已经醉心于星辰。于是他彻夜不眠，望着浩瀚的星空，寻找心中的浪漫。

不久之后，少年的心又躁动起来，他迷上了科学实验，于是他醉心于那些瓶瓶罐罐之中，开始了新一轮的探索。

这份让人捉摸不透的心思，让人更加感觉他的神秘和不定。然而，只有徐志摩自己知道，他的爱，是看透之后的博大之爱。

仿佛垂怜于世人的耶和华，怀着悲悯之心，怀着温柔之心，关爱着人世间的每一寸土地。在徐志摩的眼中，那些可爱的，那些值得爱的，他都喜欢，不分贵贱。

看过了许多国学古文、科教数理，徐志摩便选择在业余生活中，阅读小说，让自己放松下来。

自古以来，小说的地位便是低下的，小说家之流，在人们眼中也是不务正业，难以登上大雅之堂。随着新思潮的涌入，人们一改传统的抨击观点，逐渐地，小说成为文学作品四大体裁之一。

徐志摩本人，向来对小说十分喜爱。他曾经吐露自己对小说的情感："这些旧诗词，我在书塾也学过，总感到受的限制太大，写不好。我现在对小说产生了浓烈的兴趣。什么社会小说、警世小说、探险小说、滑稽小说，我都读，读得简直着了迷！"

真性情之人，情感起伏跳跃。徐志摩便是这样的一个人，因此他容易着迷，容易入迷。因为他太真，真到忘记将自己抽离虚幻之境。

在那段岁月里，徐志摩在小说中，感受到广阔无垠的思想，得到巨大的包容性；在自然中，获得浪漫主义自由的思想，又从科学中得到理性思维和探索事物的能力。

他的世界，就像拥有了一把万能的钥匙，随时都能打开任意一扇大门。他的思维，已经被插上了自由的翅膀，只等他振翅，随时就可以飞翔。

然后，精神世界的幻想，永远逃离不开现实的折磨。没有人能够永生永世存活于幻想之中，生命的真实性所带来的悲剧感，才是最令人感到震撼的崇高。

1911 年，辛亥革命爆发。受到战争的影响，杭州府被迫停课，徐志摩也因此回到了老家硖石。

此时的徐志摩已经 15 岁，他再也不是当初那个懵懂无知的孩童，而成了一个关心时事的热血少年。

革命的烟火在动荡中四处蔓延，硖石也是一片被熏陶的土地。眼见大地满目疮痍，他却无能为力。战火焦灼着年轻的心，徐志摩只能跟着硝烟的指引，从新闻报刊中得到外界的消息。

直到他从报刊上看到戊戌政变，徐志摩突然感知到新时代的到来。各种各样宣扬自由、民主、博爱的新思潮扑面而来，带来了清新的空气。这场革命，徐志摩最大的收获便是一个偶像——梁启超。

梁启超这位政坛的风云人物，同时也是文坛的一流人物。他涉猎广泛，又广有学识。在风云动荡的年代里，能够站在时代的顶端呼号众人，此等英雄情怀，本就足以打动一众热血人士。

很快，徐志摩就在梁启超的文章中找到了默契和共鸣，那一句“欲改良群治，必自小说界革命始；欲新民，必自小说始”的主张，更是彻底地激发了徐志摩的思想激情。

徐志摩便陡然发表了《论小说与社会之关系》，畅谈自己对小说的观点。徐志摩在文章中大谈各类小说的光彩之处，顺应着梁启超的评述大力哄抬小说地位，认为“有志改良社会者，宜竭力提倡之”。

满腔热血的年轻人，就是这样的坦率直白。他们刚性，冲动，气盛盖冠，却有着自谓成熟者的真实。哪怕这些真，伴随着横流鲜血，伴随着刻骨铭心的疼痛，他们也难以屈服于陈旧和腐坏之下。他们，就像一轮缓缓而起的旭日，肆意地洒落着自己耀眼的光芒。

第一章 异国他乡

纵横四海不问古今春秋

第一节 怨得这相逢，谁作的主

人的一生，就像一波浩瀚无边的大江河流。烟波浩渺，看不到彼岸实景。舟行期间，愈走愈见分晓。以为不曾留恋青山，风景过后，方痛哭失声。许多的过往曾经，都化作沧海桑田，隔了云端再无相见之时，方知珍惜可贵。

然而，舟行不止。前路漫漫，浩瀚征途。命运的轨迹波折曲行，人们在揣测之中小心行驶，慢经历细品味，方为生活。

徐志摩的璀璨生命，是任何人都无法预知的传奇。他的生活，充斥着各种不经意和难以预料。日子无法总结出固定的规律，一切的偶然与必然，只能够概括为两个字——缘分。

所谓缘分，天定为缘，剩下的分，只得靠自己抓紧。

这是造物者也无法预定的规律，微妙而不可言。芸芸众生，擦肩而过者众多，能够相遇相识的人，真正能得缘分双全而衔接的，毕竟难得。红绿时光中，多的是情浅缘深之人。

想来，对张幼仪来说，她与徐志摩之间便是如此。

1913 年春，辛亥革命之后，杭州府中复学如常，并开始创办校刊《友声》，徐志摩再度回到了该校读书。徐志摩重归乐土，自然是满心欢喜。

回校不久，徐志摩便在校刊《友声》第一期上仿效梁启超先生的《论小说与群治之关系》发表了那篇《论小说与社会之关系》，文笔流畅，观点整治，得到了人们的广泛传阅，一时间，徐志摩的大名渐渐传播开来，他在人们的议论中成了神话一般的人物。

日子与日子之间，总会发生那么一些不寻常。这一日，徐志摩便被校长叫去了办公室。在这里，他见到了一个人。他不知道的是，这个人的出现，即将改变他未来的命运。

办公室的房间内，端坐一旁的是兴武督理浙江军务朱端元的秘书　张嘉璈。此时的徐志摩，尊敬有礼地与张嘉璈相聊，甚为愉快。

张嘉璈奉命巡视杭州一中，读到了徐志摩的文章。观其笔墨，实有过人之处。文笔行走间，一派潇洒恣意，作者的才气显露无余。出于一种爱才之心，张嘉璈一心想要见一见作者，便向校长提出了这个要求。

待到此刻有机会当面交谈，张嘉璈不由得内心称好。

没有人不喜欢英姿勃发的少年才子，也没有人不喜欢英俊挺拔的风流公子。张嘉璈眼中的徐志摩，英姿勃发，那一双闪耀的双眸，比夜里的星辰更加夺目。他的骨骼清瘦颀长，脊背却挺得笔直。

在交谈中，张嘉璈更是见识到了这个年轻人非同一般的深邃思想，以及那高出常人的眼界和思想。常年跟在军务身边，又是秘书这样的细心职业，张嘉璈可算是阅人无数。他相信自己不会看走眼，他坚信徐志摩是难得一见的英才——不论是相貌、人品，抑或是才学。

如此想着，张嘉璈的心思便逐渐有些飘远了。他的脑海中浮现出了一道纤细的身影，他不由得勾唇微笑。这笑容饱含赞许，更多着几丝耐人琢磨的深意。

对于徐志摩来说，与张嘉璈的相识，也不过是许多平凡时光里的一个小插曲，他从未放在心头之上，也从未想过，有些人的轨迹一旦产生了交集，从此就会始终纠缠，再也不可分离。

夏天就这样毫无预兆地来了，和着蝉鸣，夹着燥热的风。热烈、鲜明、无拘无束。夏日以它独有的活力和特质，赢得了徐志摩的青睐。往往一场透彻的雨，一卷苍白的云，一抹姹紫嫣红，都能够激发他的诗情画意。

而在这个夏天里，有些东西悄悄地变化着，消失着。徐志摩，即将离开学校。五年的中学生涯，无疑是徐志摩生命里浓墨重彩的一笔。

一个无拘无束的少年，一个浪漫自由的神童，一个激进热血的自由主义者，一个绝对忠于自己内心的世界窥探人……他身上有太多太多的标签，这些都是他，却又不尽是他。

然而无论如何，该结束的日子总是会结束，该来的时间，总是会悄悄走过来。来不及感伤一切的逝去，徐志摩便又获得新生一般地开始迫切展望着未来。

对他来说，生命就是一个又一个句子的组合。在给上一句话添上句号的同时，新的生命华章又开始了不同的书写。年少独有的激进，在学生时代的岁月里，总是燃烧得特别猛烈。

徐志摩执着地相信，前方总有更好的风景。19岁那年，徐志摩走向了北京。在这座陌生而古老的城市里，徐志摩开始了漫长的求学生涯。

北京，是一座古城，却正在新生，由内到外，疯狂地新生。徐志摩在这里嗅到了文学的气息，嗅到了火药的气息，便有些痴狂于学海之中。

远在千里之外的他，并不知道，此刻，与他曾有过一面之缘的张嘉璈，已经亲自上徐家登门拜访。此次张嘉璈上门，可以说是有备而来。他看中了徐志摩，一心想要将之纳为家族一员，可巧小妹正是芳龄待嫁的时机，怎可错过？

徐申如听张嘉璈有意结亲，自然是非常高兴。不只是儿子的优秀被人看重而已，更因为这是官商结合的重要背景。

且不说张家在上海宝山一带富有盛况，单说张嘉璈本身，以及老三张君劢，都是政界和金融界的要人。这对于想要打通沪上众多关系枢纽的徐申如来说，简直就是天降的一门好亲事。

照片上的张家小妹，温婉动人，正是徐志摩的未来妻子——张幼仪。

这是一张黑白照，没有色彩，却依稀能够看出年轻女子的水灵与丰润。张幼仪娴静淡雅，五官精致秀美，看上去非常知书达理。

显然，徐申如对这位张家小姐，是十分满意的。又得知，张幼仪曾在学堂念书，也算是接受过新思想和观念教育的一个女性。徐申如更是欢喜不已，心中赞叹这实在是天赐良缘。

张幼仪作为大家闺秀，既有着传统女性的温婉，又有着新兴女性的气度。和俊雅聪慧的徐志摩，可以说是天生一对。因此，这门亲事在众人眼里都是天造地设的。他们更加理所当然地认为，徐志摩一定会非常喜欢张幼仪。

然而这世间，存在的事物，大都有其合理的价值，唯独情感难以衡量。

张幼仪，或者说她背后的张家，是在这个动荡的年月，帮助徐家蒸蒸日上且安全无虞的关键。对比而言，徐志摩的喜好就显得毫不重要了。

父母之命，媒妁之言，这是千百年传承下来的中国传统，徐志摩终究挣脱不过这个枷锁。

他震惊自己在外为新思想奔走了一遭之后，又即将回到原点。然而，在父亲的极力劝说之下，尽管内心有再多的不愿意，他也仍旧答应见张幼仪一面。

徐志摩十分反感这种被安排的人生。他喜欢自由，喜欢追逐明月清风，享受自我的人生。就像第一次进学堂的时候，他能够根据自己的喜好选择课程一样，徐志摩也想根据自己的喜好决定自己的人生。

在家长的安排之下，他终究是见到了张幼仪，两人的交谈不咸不淡，没有人们想象中的兴奋与难耐。

家族的压力也让徐志摩拗不过，彼时的他，还没有勇气挣脱一切，追逐自己渴望的幸福。他选择了妥协，用自己的感情妥协换得一时安宁。

1915年10月29日，已经在北大开始读预科的徐志摩，被徐申如召回硖石，与张幼仪正式结为夫妻。

两个大家族的结合，一时间传颂千里，成为佳话。这场在硖石商会礼堂举办的婚礼，豪华精致，宾客如云。身穿婚纱的张幼仪和西装革履的徐志摩，在互相的誓言中成了真正的夫妻。

时过数月，仍有人们在回味着当初的盛况，夸赞着这样一场天作之合。然而内里的日子，个中滋味只有他们自己才能够深切体会。

新婚燕尔，徐志摩并不敢怠慢了张幼仪。毕竟，他心中多少有着难掩的愧疚。

他在毫无准备之时，娶了一个自己并不爱慕的女子。然而这个女子，又是这样的温婉淑德、贤良大方。在她的青春芳华之时，把余生都托付给了自己，这叫徐志摩如何敢怠慢。

他看她柔情似水，他看她语笑嫣然，他看她做着人们口中称赞的贤惠之事。这样的生活，在长辈眼里，便是和谐幸福。他们看得见两人的相敬如宾，却从不知彼此的内心隔阂。

张幼仪本就是受过教育的大家闺秀，又有着女子的心细如发，她自然明白，自己并非徐志摩心中的衷情之人。然而她终究是一个传统中走出来的温婉女子，从未想过要自己究竟需要什么，也未曾想过不服从家里人的安排。她以为，日子也便就要这样过下去了。

直到那一日，他问她最渴望的生活是什么模样？张幼仪愣了愣，心中突地一凉，面上却浅笑道，这样不就挺好。

看着她转身而去的窈窕身影，徐志摩猛然醒悟——诚非吾所愿，所守为之何？

那一刹那，他心中翻滚过万千的愧疚，却仍旧敌不过内心的热血沸腾。他作出了一个决定，并且誓死不愿回头。

第二节 披衣上马去如矢

人生不完美之事，十之八九，不多这一件，也不少那一个。重要的不是遇见与否，而是遇见之后，我们如何对待。徐志摩的选择是决然的，是狠着心负了他人的。

有人说他自私，有人又说他应当如此。事实上，无论他如何选择，都是无可厚非的。因为，世人都知道，这个世界上，只有感情没有对错之分。爱了，便是爱了；不爱了，便是不爱了。强求不来，也舍弃不掉。

此时的徐志摩，他更在意的，是自己前进的脚步，是否坚定是否依旧一往无前。

又是一年春花开，徐志摩离开求学，先后辗转在上海、天津和北京之间，孜孜不倦地汲取新的养分。

行走中，方见男儿本色。徐志摩的人生道路太过于一帆风顺，除了那门并非本愿的亲事，他还没有遇到过挫折。在这个过程中，他开始把生活的重心，从个人转向他者。

可能是挖掘自身对他来说已经没有趣味可言，徐志摩开始广泛地交朋友。这段时间他对外界的新朋友特别感兴趣，他们交流彼此的不同思维，畅聊彼此见到的不同世界。

读万卷书不如行万里路，行万里路不如阅人无数。走出硖石，徐志摩渐渐地找寻到了自己一直追求的精神自由。无拘无束，神游四方，这是他梦寐以求的生活。他过得太过充实饱满，甚至没有时间顾念身后家人，也便逐渐忘记了，那个守在深闺中的女人，是如何在日夜渴盼他的回归。

相较于他的广阔世界，张幼仪的人生已经被固定在了徐家的庭院。她成日里望来望去，最多只能望见头顶的那片苍天。墙外是什么，山外又是什么，徐志摩所在的地方又是怎样？张幼仪难以得知，大把的美好时光，鲜嫩的年龄，都耗费在了无尽的消磨等待之中，这是多么令人颓唐而伤感。

然而，徐志摩的细腻心思不会去替张幼仪做打算。

忙碌的他，正在北大过着丰富多彩的求学生活。在北大的那些时间，徐志摩培养了多样的爱好，并能够坚持自我的独到看法。他一向坚持自我，尊重内心的真实感受，即便是在听戏曲方面，也是如此。

彼时有菊选，在众人都推举梅兰芳为剧界大王的时候，徐志摩偏偏最看好杨小楼。他的一句“平心而论，当然杨小楼最好”，甚至于影响到了他人的喜好，为杨小楼新揽获了一批忠实观众。

他并不盲目追随旁人的观点，坚定自我，这是徐志摩身上最为吸引人的人格魅力。

在北京学习期间，徐志摩有缘结识了一直以来崇拜的偶像——梁启超。这一切，都要归功于蒋百里。

蒋百里，是梁启超的得意门生。在与徐志摩相识的时候，已是一个小有名气的军事家。

那段日子，徐志摩一直借住在蒋百里家中，亲切地称之为“百里叔”。适逢蒋百里正过着一种“居闲曹，啜冷羹，以有用之才，无用武之地”的生活，也算是惬意轻松。

因为是族亲，蒋百里待徐志摩本就亲近，而两个人在聊天过程中，又很欣赏彼此的人生态度以及思想，因而结下了深厚的情谊。

那时的徐志摩，最爱和蒋百里夜里长谈。他们从古到今，从诗词到歌赋，从家庭到婚姻，无话不说。蒋百里于他，渐渐成为一个亦叔亦师亦友的人物。

蒋百里对徐志摩影响最大的，当属涌动满腔的爱国情怀。他身为梁启超的得意门生，深得梁启超思想精髓，每每两人交谈，便在无形之中影响了徐志摩。此外，便是蒋百里的婚姻故事，大大激发了徐志摩心中潜在的反抗意识。

在蒋百里还是军校校长之时，因不满日军对中国的侵略，他要求组建军队杀敌救国，却遭到了无情的回绝。愤怒之下，蒋百里便慷慨激昂地组织了全校师生进行演讲，控诉日军的罪恶行径。激愤之中，他掏出手枪扣动扳机选择自杀，想要以此激发学子的激进之情。其英勇无畏的精神，令人动容。

所幸的是，他在保定圣心医院被抢救了过来。在医院卧病的一段时间里，陪伴在他身边的，一直都是一位日本护士。长时间的接触过程中，蒋百里感受到了年轻姑娘的善良与细心，渐渐地，两个人竟暗生情愫。

背负着家仇国恨，他们的结合遭受到了重重压力。

在这样的大环境下，人们就算不拒绝日本人的救治，也大多会带着一种民族仇恨情绪与之分道扬镳，而蒋百里却是个例外。看起来，他在打破自己的言论，实则上，他不过是在清醒理智地就事论事。

蒋百里的想法很简单，即便是外界有着舆论压力，即便全天下人都指责他的不是，他也并不会放弃自己的选择，更不会弯腰屈服于众人的唾液之下。他是蒋百里，他爱这个女人，他便要和她在一起。1914 年，相恋两年的蒋百里和左梅顺利结为夫妻。

故事之外的徐志摩是震惊的，他并不像他人一样盲目地指责，甚至，隐隐地，徐志摩的内心有着一种难言的冲动。

在他的心里，蒋百里的行为是大胆而疯狂的，也是他所向往的。冲破封建束缚，冲破传统伦理，冲破国仇家恨的爱情，是何等的伟大而又纯粹。

至真至纯，便是徐志摩对于人和事，最为坚持的追求。

无疑，蒋百里的敢作敢为打破了徐志摩对于婚姻的观念。几重思虑之下，他只觉得心中感慨万千。

这感慨中包含了太多情绪：一则是自己已经同张幼仪完婚，一则是自己尚未遇到能够让自己陷入爱情的女子。这曾经无忧无虑的少年，终于初尝愁滋味。

成长从来都不是简单地空口说话，它往往伴随着苦涩地蜕变。这其中，人们或许会经历爱情，爱情却不会是生命的全部。而有的人，视之如命，是入了魔，也是情之所至。

和蒋百里的相处，让徐志摩感觉自己离梁启超更近了一步。少年崇拜的对象，如今近在咫尺，何不向梁启超先生“趋拜棨范”？

1918年，在蒋百里和张君劢的引荐之下，徐志摩不仅见到了梁启超，并拜梁启超为师，成了他的弟子。对于徐志摩而言，这是何等的荣光。他仿佛感觉自己置身梦中，仍有些不敢相信，少时崇拜的人竟成了自己的人生导师。

梁启超对于自己新收的弟子，自然是喜爱非常。他就像父亲一般，对徐志摩的未来充满了关切和希望。几番考虑之下，梁启超建议徐志摩出国留学。

对于一心向外的徐志摩来说，梁启超的建议无疑就是直接的导火线。他渴望着国外那自由的空气，更渴望从那自由的精神思想中，寻求一个救国图强的良方。

徐志摩能够拜得梁启超为师，在徐申如眼中已经是一件极其值得炫耀之事。徐志摩是他的骄傲，更是家族未来的骄傲。他从来都坚信儿子的选择没有错，况且，海外留学，必会带给他不同的眼界。因此，徐申如分外支持徐志摩外出，立马着手安排徐志摩的出国事宜。

从此，天涯不再只是心中，而成了那一抹淡淡的期待。徐志摩，注定是要放飞自己的人。

第三节 我只是狂喜地大踏步向前

国运以苟延也今日，作波韩之续也今日，而今日之事，吾属青年实负其责，勿地大物博，妄自夸诞，往者不可追，来者犹可谏。夫朝野之醉生梦死，固足自亡绝，而况他人之鱼肉我耶？

心盛天下，方能够有这番真情流露之言。徐志摩远离故土之际，从未忘记出国的始衷。

1918年8月14日，上海十六铺码头，徐志摩义无反顾地踏上了远离故土之路。

若他回望一眼，势必能够看到人群中，妻子暗含清泪的双眸。张幼仪木然地站在那里，伸手轻抚怀中的幼儿，心中喜忧参半。喜的自然是丈夫将有个美好前程，忧愁的自然是两人分隔万里的哀伤。

可徐志摩似乎察觉不到这样的忧伤，抑或他能够察觉，只不过这样小的儿女忧愁，并不足以挽留住他的脚步。

怀着对家国的热爱，对亲人的不舍，怀着对未来的无限期待，徐志摩挥别自己的亲人，脚步坚定地上了船。

轮船带着他，在大海之上遨游。他的人生，将在世界的舞台上，开始舞蹈和张扬。今后的日子，他是那个风流的、风趣的、也疯癫的诗人，是那个可爱的、可亲的、可闪耀于世的才子。

看着岸头渐远，人影逐渐缩小成黑黑的小点，徐志摩暗下决心：无学之所长，绝不归家。望着浩瀚无边的大海，徐志摩心潮澎湃。他的忧伤和不舍，都被隐匿在内心的最深处，取而代之的是那个面容坚定的徐志摩。

将近一个月的漫长旅途之后，南京号在码头靠岸。终于，徐志摩踏上了一片陌生的土地——美国。

在马萨诸塞州的克拉克大学，徐志摩选择了历史系，学习政治学与社会学。他心怀天下，又怎会忘记使命？

一战结束之后，激动人心的消息传到美国，举国欢庆。这阵狂热浪潮，再一次深深震撼了徐志摩。

难以想象，在大洋彼岸的东方中国，除了少数的先觉者，大部分的人民仍旧在战火中沉睡中默默无语。什么能够拯救中国？撕碎之后的重建，才能够涅槃重生。

即使身在国外，徐志摩也时常跟梁启超保持远洋通信。他被美国人民的觉醒意识以及爱国精神深深折服，并向老师分享他的感受。他开始思考，思考两个国家为何会有如此之大的区别，并立下了广泛学习的志向，希望能够在了解西方教育文化的背景下，寻找到其中的奥秘。

随着徐志摩学习热情的提升，他几乎是把自己往全能的方向驱逐，不回头不放弃。

徐志摩为自己设定的选修课程越来越多，《欧洲现代史》《19 世纪欧洲社会政治学》《商业管理》《劳工问题》《社会学》《心理学》……只要他能了解到的东西，他都愿意去学一学，那割舍不下的对国家的热爱和羁绊，给了他源源不断的动力。

在丰富学科知识的同时，徐志摩还十分注重各类语言的学习。晦涩的法语、发音困难的德语，甚至比较小众的西班牙语，他都尝试着进行学习。

大脑充实的同时，身体也不能够退步。因此，徐志摩参加各种陆军训练，跟中国的留学生保持亲密的关系。他和朋友们互相激励，利用着每一分每一秒，让自己变得更加强大。

有志者，事竟成，破釜沉舟，百二秦关终属楚；

苦心人，天不负，卧薪尝胆，三千越甲可吞吴。

世上之事，除出生无法改变，后世命运皆以自我创造。一分努力总会有那一分收获。徐志摩自由地呼吸摄取，经历过一个学年的努力博取后，他获得了当之无愧的一等荣誉奖。喜悦之余，他有了更进一步的目标。

而后，徐志摩转入哥伦比亚大学，进修经济学。

彼时的中国，国情已经以势不可挡的形势迅速地发生着变化。每一天，都能听到一些关于革命浪潮在国内被吹散的消息。徐志摩一边密切地关注着国内形势的变化，一边更加积极地学习西方先进思想、前沿理论。

他总能够感觉到自己的肩头扛着救国救民的大任，当时的留学生，大多都有徐志摩一样的想法。他们是中国第一批思想解放的民众，也是未来革命的先驱者，革命真正取得胜利的领头人。

他们常常聚在一起，谈论、切磋、各抒己见。这样一种思想上的碰撞，让徐志摩的眼界和学识也得到了极大的提高。他再也不是硖石学堂里那个讨喜的“神童”，外面的大千世界，让他变成一颗缥缈的种子，他寻找着一方沃土，等待着它的生根发芽、锋芒渐露。

尽管主修经济学，徐志摩的选修课，却几乎都与政治社会问题相关。哥伦比亚大学的学术氛围，比起克拉克大学有过之而无不及。徐志摩的阅读量又扩充到了马克思、尼采、叔本华等。他对于这些读物表示出强烈的欢喜，像是找到了思想上的共鸣。

他的思维，天生就是不被束缚的，极具狂浪的冲动，让他恨不得冲破内心，直直地冲向那云霄，向世人表达、叫嚣以及呐喊。

在哥大的课业顺利结束之后，徐志摩本该长驱直入，在美国直接

拿到博士学位。可是，他却对学位高低并无多大兴趣，反而决定转向英国求学。

究其原因，只是因为他的崇拜者——罗素——身在剑桥。

这位英国著名的哲学家、数学家以及社会活动家，已经是剑桥大学讲师和研究员。他才华横溢，个性自由多彩。

战火硝烟的过往，在纷扰的世间声音中，徐志摩就听到了罗素拒绝战争的呐喊。那是一种无力的挣扎，却有着最勇猛的姿态。罗素深信他的振声疾呼，总会有人听得见。罗素对于真理，有着绝对追求的态度，他是正义和人道的化身。

对于权贵，他从不抬头仰视；对待贫苦，他也从不排挤打压。他就像一个立于天地之间的丰碑，用自己的坚持和态度，带给给世界以思想的震撼。

徐志摩敬他那份强烈的社会责任感和遗世独立的自我坚持，这种发自内心的佩服和敬仰，让他追随而来。他本就是一个性情中人，哪管什么前瞻后顾。再一次，徐志摩遵从自己的内心，拒绝了哥伦比亚大学给予的博士学位，来到另一个国度。

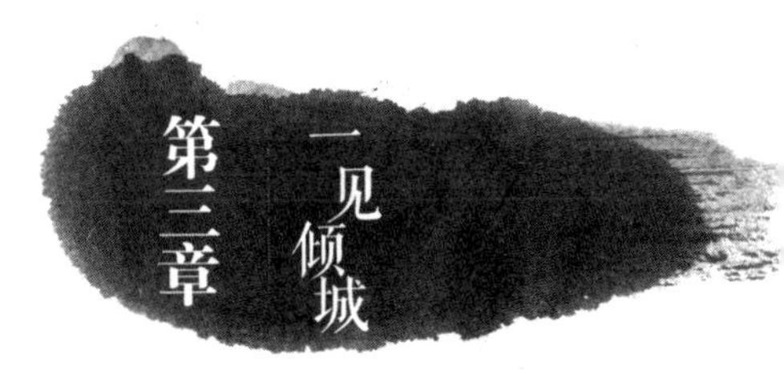

你我相逢在黑夜的海上

第一节 我是天空的一片云

任何一个巨人都可能面临陨落的那一日，任何的可能性都面临有被打破的那一瞬。这世间唯有追求，是无边黑暗中的那一抹光明，闪烁其光，跳动其脉，在视野里，也在血液中。

来到伦敦，却遗憾地知晓当时的罗素并不在这里。失望之余，徐志摩还是重振精神申请进入伦敦大学的政治经济学院。

与生俱来的幽默与风趣，让徐志摩几乎成为英国伦敦大学里的社交王。

这个来自异邦的小伙子，仿佛有着无穷的魅力。他的风采，很容易便吸引到许多女孩的青睐，遗憾的是，落花有意流水无情。彼时的徐志摩并无心于风花雪月，他醉心于参加各种演讲会和报告会，并继续扩大社交圈。

留学生中，他与金岳霖等一席关系匪浅，又在彼此的介绍中，结识了威尔斯、魏雷等一系列英国作家。很快，徐志摩便跻身为英国的知识名流，开启一幅新的传奇画卷。

徐志摩在英国的生活可谓是如鱼得水，他感觉到自己的灵性突然被开发，用他自己的话说就是有“学不完的聪明”。

在这样的环境中，徐志摩一边不断地接受新思想，一边向西方源源不断地输入中国文化和中国现代知识分子的面貌。他的素养，他的风度，他的才华，像被风吹散的蒲公英，四处飘荡，撒播到很远的地方。

当时深交的友人之中，对徐志摩影响最为深远的，当属英国著名作家高斯华绥·狄更生，以及政坛名人林长民先生。前者是在演讲大会上的偶然相识，后者，则是他在国内慕名已久的政坛高人。

而这两个人，于徐志摩而言，都关联着一个重要人物。无论是错过他们其中的哪一个，徐志摩在未来的时光里，都无法与之相遇。

徐志摩不停地扩大着自己的朋友圈子，让自己的人生轨迹与他人不断接轨，获得新知。同时，这也在无形中为那个即将出现的重要人物埋下伏笔。

草蛇灰线，伏脉千里，本是无心，却往往插柳成荫，世界就是这样的玄妙而不可得。

徐志摩在美国时，便阅读过狄更生的作品。因为那些文字，狄更生在徐志摩心中，是一个胸襟广阔的思想家，更是和蔼、风趣而充满着活力。

经狄更生先生的介绍和推荐，1921 年春，徐志摩以特别生的资格进入了康桥大学皇家学院学习。

康桥，因为那首传诵至今的绝美诗篇，它俨然已经成为绝美的化身。是何等的不舍，是何等的深爱，才能让多情的诗人饱蘸笔墨，写下那样浓重的诗篇。

在这里，他的一生都被浪漫主义深深浸润，那是一个永远无法抹掉的标签。

徐志摩认为，他生命之中，最大的机缘便是与狄更生相遇。他曾这样描绘自己同狄更生相处的时日："不知自己有朝一日回忆起这样的时光，会不会，动情地下泪。"

因为狄更生，徐志摩决心放弃从政，专心投入文学路程。他作为一个诗人的灵性，好像就在进入康桥的那一刻，被某个指尖轻柔地拨动，快速地唤醒，从此一发不可收，渐成燎原之势。

是狄更生带着他进入康桥，从而赐予了他在这里的快乐日子。也正是在这里，他睁开了迷蒙已久的双目，他的艺术兴趣得到了真正地形成。正如他自己所说：

我的眼是康桥教我睁开的，我的求知欲是康桥给我拨动的，我的自我的意识是康桥给我胚胎的。我在美国有整两年，在英国也算是整两年。在美国我忙的是上课，听讲，写考卷，龈橡皮糖，看电影，赌咒。

在康桥我忙的是散步，划船，骑自行车，抽烟，闲谈，吃五点钟茶牛油烤饼，看闲书。如其我到美国的时候是一个不含糊的草包，我离开自由神的时候也还是那原封不动。但如其我在美国的时候不曾通窍，我在康桥的日子至少自己明白了原先只是一肚子颟顸。这分别不能算小。

因此，康桥才算是他真正意义上的一座母校。诗人的一生之中，曾有三次重回母校，最后一次的离别，他心中怀有无限的伤感，便有了那首传世名篇——《再别康桥》。

轻轻地来时，诗人心中尚有那寂寞的伤感。目光遍寻，看见夕阳金柳，波光艳影，看见河中柔软的水草，诗人渴望自己就是那水草，被康河柔柔地包裹。

他在这样的追思和幻想中，想起求学的过往。当初是怀揣着那样的壮志豪情来到康桥，寻求心中的梦，如今满载而归时，一切的离别都变得悄然寂静。

到了悄悄离去的时刻。不同于来时的低落，离去的诗人心中一片坦然，他挥一挥衣袖，不带走一片云彩。这番的洒脱，这般的率真，当是真正的徐志摩。

狄更生欣赏徐志摩，除了他的才情，更多便在他赤条条的真诚之心。

1923 年，年仅 35 岁英国女作家曼殊菲尔去世。徐志摩得知消息，在最后的二十分钟里与之会面，他流泪了，像一个伤心的孩子。

留不住的生命，却能够被记录成为不朽的传奇。徐志摩便唱响心中最真实的赞美，为挚友歌颂离世哀曲。

我与你虽仅一度相见——
但那二十分不死的时间！
谁能信你那仙姿灵态，
竟已朝露似的永别人间？
非也！生命只是个实体的幻梦：
美丽的灵魂，永承上帝的爱宠；
三十年小住，只似昙花之偶现，
泪花里我想见你笑归仙宫……

既然汗青可传世，徐志摩便煞费苦心地想要为挚友在世上留下一个响亮的名称。即使岁月更迭，流光河水也无法腐蚀掉这份珍贵的记忆。因此，他选择翻译曼殊菲尔的作品，将她的作品介绍进中国。

无数个夜里挑灯，他先后共译了《园会》《毒药》《巴克妈妈的行状》《一杯茶》《夜深时》《幸福》《一个理想的家庭》和《刮风》八篇小说。译笔生动、漂亮，最终达成了他想留给挚友的最好纪念。

徐志摩的真诚之心，成为他身上最最鲜明的色彩，也是他在未来的日子里得到宽恕和体谅的最根本原因。

这份真诚，不仅是狄更生为之动容的缘由，更加是所有人愿意与徐志摩深交的最初悸动。林长民也是被吸引者之一。

林长民和梁启超，本就是故交。在听闻梁启超的弟子徐志摩是如何才学渊博之后，他一直就对徐志摩保持着好奇心，直到后来两人相见，才赞叹传言不虚。才华横溢是徐志摩的代名词，然而，热烈率性，才是他的真性情。

如果徐志摩能够预知未来，他当初一定会和家族抗争到底，坚决不成婚；如果他知道自己与林长民的相识，会给自己的世界带来怎样的震动，他也绝不会做退缩的胆小鬼。

徐志摩永远不会忘记那一日，他在林长民家中拜访，那个少女如何闯进厅堂，而她的身影，又如何走进他的梦乡。如果硬要用诗篇写下那时的相遇，徐志摩一定会说：“《偶然》。”

我是天空里的一片云，
偶尔投影在你的波心——
你不必讶异，
更无须欢喜——
在转瞬间消灭了踪影。
你我相逢在黑夜的海上，
你有你的，我有我的，方向；
你记得也好，
最好你忘掉，
在这交会时互放的光亮！

他是一朵云，自在地遨游在天际之间，来无端，去无形。他来自江河湖海，在世间周游一圈，最终以水的原形回归自然。他从不伪装，只为那一刻，映入少女波心。

既是偶然相遇，便也无须多余的牵挂与叨扰，擦身而过才是最好的选择。既然交会时的光芒曾经照亮黑夜，只要在那一刻，彼此印心就已足够。不是同路人，终究各有各的方向。

这世上，只有瞬间，才值得成为永恒的记忆。

第二节 将你的倩影抱紧

《诗经·郑风》中有这样一首诗歌："出其东门，有女如云。虽则如云，匪我思存。"

诗人眼见这人生路上，过往之处皆是云鬓美人。然而，如此多的美人都无法得到他的心，只因不是他心中所爱。

情爱最为难处，便是来也无踪去也无踪。众里寻他千百度，却怎么都是苦等无用。然则蓦然回首，黄昏月下，却又恍惚地怦然心动。有时候，你苦苦追寻的执着恋情，却无果而终。抬手起落间的一眼相逢，却意外地造就烟花缘分。

缘起于人事之外，终于人事之外，全然由不得人心做主。你道这命运千奇百怪，无非是没看清世事无常。

终归是该来的，总会来；不是你的，你也得不到。

就像徐志摩那带着决绝的深情诉说：

我将于茫茫人海中寻访我唯一之灵魂伴侣。得之，我幸；不得，我命。

终究，老天是舍不得让他认命的。从徐志摩与林长民相交的那一刻开始，命运圆盘就开始转不停歇。

林长民，在国内是政界的风云人物。在民国初年，他曾担任临时参议院和众议院的秘书长。1917 年，又担任北洋政府第十一任内阁的司法总长。不论是在国内还是在国外，林长民都具有极高的威望。

他与梁启超是政坛老友，对待梁启超的得意门生，林长民难以避免地要照顾一番。原本是抱着对待晚辈的心情与之相交，谁知，深谈之后，这位 50 多岁的开明老者与徐志摩一见如故，便成了忘年之交。

熟稔之后，徐志摩便经常造访。就那样自然而然地，林长民 16 岁的女儿不经意地走进了徐志摩的心间。

仓央嘉措说：第一最好不想见，从此便可不相恋。第二最好不相知，从此便可不相思。

然而，一己之力，怎会敌得过命运的流淌。

林徽因，就这样突兀地闯进他的生活，闯进他的内心。然后他们的命运从此纠葛，彼此的生命再也无法相互剥离。

那天一切如常，时光静好。徐志摩正在和林长民进行着愉快的交谈，一抹俏丽的影子，就这样走了进来。

她就这样俏生生、水盈盈地站着。头发乌黑亮丽，服帖地梳在脑后，笑若白莲。尽管她不发一言，浑身上下却散发着灵秀聪慧的气质。她像一阵春风般，柔软地吹在徐志摩的心上。从此，徐志摩便无法自拔地陷入了她的梨涡浅笑之中。有种情绪，悄悄地在他的心底，发酵缠绵。

不同于张幼仪的传统知性，林徽因带给徐志摩的，更多的是精神的交流。在徐志摩心中，林徽因的形象无疑是圣洁而高贵的。这个温婉的江南女子，看似柔弱，却有着坚韧的品格。她接受西方的教育思想，有着独立的思维和独立的人格。

柔弱的女子固然惹人怜惜，但是真正能够征服男人的女子，一定有着自我独立的人格。林徽因外柔内刚，对于年少的徐志摩来说，她的美，内外兼并，极具吸引力。

遇见林徽因以后，徐志摩推掉了大把社交活动，专职到林长民家中喝下午茶。说是为与林兄深谈，无非是为了见上林徽因一面。他喜欢和她交谈，喜欢看她的笑容。

彼时少女芳华的林徽因，也正倾慕着才气纵横的徐志摩。他们之间的交往，渐渐摆脱了君子之交淡如水的纯白，多了暧昧气息。

曾经，尽管是硬着心肠做出了自私地远走的决定，但是，若将妻儿弃之不顾，徐志摩做不到。然而，时间的洗蚀力量是如此强大，令人惊心。

身在异乡，饱受异国熏陶，徐志摩正渐渐淡忘故乡的妻儿。此刻被真正的爱情所冲击，徐志摩潜意识深处便瞬间知道，自己愿意为之倾尽所有。他就是这样一个人，火热而又真挚，冲动而又大胆。

为了爱情，哪怕是践踏道德，他也毫不在乎。因为，他是率性洒脱的徐志摩。

他感觉到自己和林徽因站在同一个思想高度，就像舒婷的《致橡树》里边所写的那样，他们肩并肩，站立在一起。树干，一起向着天空生长，脚下，他们的根彼此纠缠，永不分离。

所有的感情，最美好之时，就在未开始之时。

暧昧带来的距离感，让双方感到一种安全，而这种安全，又牵着着彼此的心去努力靠近。有距离，却比没有距离的亲密无间更加美好。在一切尚未开始之时，新鲜和灵动充斥在男女之间，徐志摩和林徽因探寻着彼此，是朋友，也是朋友以上的关系。

他们的话题越来越多，常常一聊几个小时还不知疲倦。在林徽因的身上，徐志摩体会到了一种心与心交流的满足感，那种如同能让自己在天与地之间任意行走的感觉，让他欲罢不能。几乎每个时刻，他都盼望能与她见面，能跟她攀谈。

他的才气让她折服，而她的聪慧善感，以及她在文学上的造诣，也让徐志摩愈发欣赏。

在夜里，对着几案孤灯，徐志摩常常感到心中升起一阵狂热的思念，无可吐露之处，便只能够化作热情的诗句，跃然纸上。

然而，这世间不是所有的感情都顺理成章的。至少，徐志摩与林徽因是如此。尽管许多人都夸赞他们是金童玉女，如此般配，但是真正的实情，就像许多年后，诗人泰戈尔为他们写下的诗行一样：“天空的蔚蓝，爱上了大地的碧绿，他们之间的微风叹了声，唉——”

天与地之间，隔着永恒的距离。即便是远远看去，天地交接，那也只是虚幻的光影。他们的爱情，便是这样的一种精神之恋。虽然是佳缘，却隔着许许多多的现实因素，只能望而却步叹息一声。

除了徐志摩和林长民称兄道弟的身份尴尬之外，最难以打破的，还是徐志摩背后的大家庭力量。他的一切，都源自于此，他又用什么力量去与之抗争呢？

这个问题尚自没有答案的时候，张幼仪便毫无预料地来到了英国。这是徐家的安排，让张幼仪远渡重洋与丈夫相会，以解两人多年不见的相思之苦。

这是长辈的善解人意，却会错了意。徐志摩无论如何都无法怀着喜悦心情，去迎接张幼仪。

这是他的妻，更是他的枷锁。

所有关于徐志摩的心意，张幼仪完全无从得知。她从一出生便过着听从安排的生活，她的人生也习惯了被安排。此刻来到陌生的欧洲，张幼仪唯一的依靠，便是这个她称之为丈夫的男人。她不得不小心谨慎，察言观色。

越是这样的在乎，越是这样的细腻心思，张幼仪越容易感觉到受伤。下轮船的时候，见到丈夫的第一眼，她便知道——徐志摩并不是很乐意来接自己。据她回忆：“人群中，只有他是黑着一张脸。”

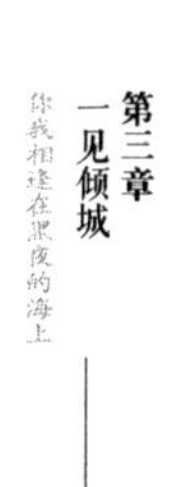

然而此刻的她，不能够多想，也坚决不能去想。这是她的男人，她孩子的父亲，她深信他的忠诚。

徐志摩揣着一刻沉重的心，脑海中总会不时闪过那梦中的倩影。然而看着身边的妻，徐志摩内心陡然泛酸。他并非不知她的艰难，他也深知这个人自己定将辜负，只是，在那一刻来临之前，他仍是想早早做点补偿。尽管这些举措，可能毫无用处。

他这样想着，便还是带着张幼仪去买了新的洋装，又在照相馆拍了两人的合照。洗出来照片上，张幼仪挂着浅浅的笑，而徐志摩则是把嘴抿着，努力也没挤出一抹笑容。

张幼仪过来陪读，和徐志摩两人便在沙士顿安了家。她勤俭持家，她洗衣做饭，这一切的传统美德，徐志摩都看到眼里。然而家里始终少了一样东西，那就是交流。

她很好，也很温柔，也并不像许多妇人一样多嘴多舌，但是她却不知道他在想什么。她的思想，她的心灵，不能够同徐志摩产生契合。痛苦的火苗一寸寸地烧灼着徐志摩的心，他不止一次地幻想：假如，她是林徽因……

哐啷一声，厨房传来的碗筷声打碎了他的幻梦。

徐志摩跟林徽因一直保持着书信联系，却又怕张幼仪发现，因此将地址写到家附近的一个杂货店。徐志摩常常骑车去拿那些信件，常年在家的张幼仪，根本无从知晓。

多少个夜里，他身边有着妻子陪伴，但脑海中，却一遍一遍放映

着林徽因的巧笑嫣兮。她吃东西的样子，说笑时的样子，思考时的样子，走路时的样子……她乌黑的发，她闪动的眼，她小巧的鼻，和那能发出世间最美妙声音的嘴，都让他深深的迷恋。

他的头脑，被一腔的热情，催生，发酵，让他找不到出口去逃脱。

即便是张幼仪在家，徐志摩依然难以克制地频频拜访林家。他是这样的热切，以至于林长民察觉到了某些细致的苗头。

林长民是一个开明的家长，尽管他认为男女之事，不能够由他独断专行，然而，他仍旧拿出了长辈的姿态，同两人进行着私下沟通。

林家和梁家，在林徽因和梁思成出生的时候，本就定下过姻亲。尽管是两家人的口头约定，终究是要看成年后的孩子意愿的，但无论如何，出于一个做父亲的心思，林长民也并不希望女儿因为这场感情受到伤害。因为，在名声上，林徽因会难以避免地背上第三者的罪名。

尽管感情的事情没有孰是孰非，然而道德的谴责力量，很多时候会盖过一切，否则如何又有众口铄金、人言可畏之说呢。

然而林徽因只是低着头，不说话。她好像在听，又好像没有听。林长民只得在心中叹惜，到头来，能怪谁呢，无非是这就是婚姻的父母之命。

林长民转而真诚地劝诫徐志摩，爱情诚可贵，但万不值得辜负已有之人。

然而徐志摩何以听得进去这番劝告。他一如既往，保持骄傲，不惧受伤。他心中只有一个声音在告诉自己：不要失去那束光亮。

第二节 笑解烦恼结

孤傲立于世间的诗人，爱上了清冷动人的少女。

徐志摩对林徽因的爱恋，就像黑夜中寻找光明的飞蛾，对着那点亮光拼命地摆动着翅膀，苦苦追寻，不愿回头。

但同时，他是俗世双亲的儿子，是不得不妥协包办婚姻的丈夫，是不曾喜悦迎接新生的父亲。

徐志摩和张幼仪，身在一起，却是世上最陌生的人。张幼仪很想努力地去理解他，而徐志摩却一直在躲避。

曾经的张幼仪，十指不沾杨春水。她是名门闺秀，是巨富张润之的掌上明珠，是哥哥们眼中温婉可人的小妹。

她也和林徽因一样，在掐指嫩的16岁，遇见徐志摩。

那时候的张幼仪，幻想过无数种未来生活，也有着轻微的担忧，却从未想过，会是这般最坏的模样。他不爱自己，却也不折磨自己。情感上的冷冻，永远比家暴更让女人难以承受。

她本不用如此的。如果可以，张幼仪也愿意重头书写。然而时间的轨迹来到此时，她已然深爱上了这个家。

在硖石为徐志摩诞下第一个孩子的时候，张幼仪遗憾地想着，徐志摩没能够见到这个可爱的孩子的第一面。远渡重洋来到英国，张幼仪再一次孕育。她颇有些欣喜，或许这能够让徐志摩感到开心。

爱就是如此，许多时候，爱让人变得盲目而不可知。张幼仪以为，她的丈夫如他一般忠贞不贰，尽管不爱自己，却也不至于丢下自身。然而现实的残酷往往就在于，它不会按照人们的想象行走。

如果彼时的张幼仪知道林徽因的存在，她一定不会把怀孕当作一件多么值得庆贺的事情。

"赶紧打掉。"这是徐志摩听闻张幼仪怀孕时，所说的原话。

简简单单的四个字，却足够僵硬张幼仪的整个心房。一时间，她有些不敢相信。这话是如此无情，而徐志摩在说出口之后，似乎也并没有打算挽回。张幼仪看着他出门离去的背影，内心滋味难辨。

她静思半晌，还是无法下定决心打掉这个孩子。什么事都可以听他的，唯独这件，不可以。

张幼仪开始向身在法国的兄长写信，陈述了自身的现状，希望这份烦闷在倾诉之后能够得到一些减轻。

出门远去的徐志摩，内心也是慌乱不安的。他不能够待在家里，他害怕控制不住情绪，他宁愿选择用冷漠的方式面对她。徐志摩无法接受这个孩子，因为他正想着如何跟张幼仪提出离婚。

离婚，这两个字在 21 世纪的今天，似乎是司空见惯。然而，在 20 世纪初期，整个中国都没有发生过离婚的案例。只有男子休妻，而没有男女双方以离婚的方式离开的。

徐志摩认为自己必须离婚。他深信，这是他跟林徽因之间唯一的屏障。只要解除自己和张幼仪的婚姻关系，林徽因就会接受自己的情感。想到灵动、鲜活而又神秘的她，想到她孤冷如清淡月光的神色，徐志摩内心感到一阵欣喜和欢愉。

他是一个天生的诗人，无时无刻不在美化自己的恋人和爱情。他对林徽因的心，是焦急的，是彷徨的，又是惆怅的。仿佛，他每天都在欣喜和惶恐两种情绪的演变交替中煎着熬着，就等待逃脱枷锁的那一刻。

最终，张幼仪没有打掉孩子，她选择去德国。对她而言，徐志摩离开之后的日子，就像她回忆时所说的那样："我的丈夫好像就这样不告而别了，他的衣服和洗漱用具统统留在家里，书本也摊在书桌上，从他最后一次坐在桌前以后就没碰过了。"

太过平静的话语，听不出任何一点情绪波动。然而，那样物是人非的场景，用这平静的腔调说出来，已然让人难以平静。留下满屋的熟悉，却走了活着的人，彼时的张幼仪，该是怎样的心酸与痛楚，设身处之，不难想象。

张幼仪离开英国之后，徐志摩更加无所顾忌地展开了对林徽因的狂热追求。他一面联系张幼仪签署离婚协议，一面迫不及待地奋力追逐心中的渴望之人。

事情终于炸开了锅。徐申如得知消息，不惜拍来电报阻拦。徐家更是放出严话：如若徐志摩敢跟张幼仪离婚，徐家从此只认张幼仪这个儿媳妇，不认徐志摩这个儿子，徐家也不会再给徐志摩提供一分钱的支持。

同时遭受到多方攻击和指责的徐志摩，仿佛有着刚强之躯，他对那些谩骂充耳不闻，只一意孤行地坚持自己的决定。事实上，那个时候，林徽因也曾在康桥之上劝过徐志摩。她终究是带着无法释怀的歉意，对那个远在德国待产的张幼仪女士。

一头热的徐志摩，反而将林徽因这话当成了鼓励和刺激，他已经等不及林徽因的同意了，匆匆忙忙带上离婚协议书，去找了张幼仪。彼时的张幼仪刚刚为徐志摩生下第二个孩子，正在德国修养。

她冷眼看向来人，那个曾经自己被称作丈夫的男人，忽然觉得一切都过去了。眼前这个人，好像熟悉，实际上又那样的陌生。罢了，如此痛苦的人生，倒不如断了来得干净。

一向不拿主意的张幼仪，终于为自己的人生大事，作了一次决绝的决定——她在离婚协议书上签了字。

徐志摩和张幼仪夫妻，是新的《民法》出台后，中国第一对离婚的夫妻。这在当时，并不是一件光彩的事情，无论男女，名声皆会受损。然而从另一个层面来讲，这一张离婚协议，换得了两个人各自的解脱。

拿到离婚协议书的徐志摩难掩自己的喜悦，忍不住要去告诉他的“爱人”，从此他将不再惧怕自己因为“污浊的身体”而配不上她皎皎的容颜，她也无须再惧怕世俗的眼光下那一道鸿沟。他将不会停留，不再等待。

时间悄然而逝，摆脱婚姻束缚的徐志摩，像一个长期被关押的犯人，终于能够呼吸到自由的空气。父母的责备都远在千里之外，即便没有经济支持，他也愿意用自己的双手，亲自来养活林徽因。

他第一时间将自己离婚的消息告诉了林徽因，渴望从她那里得到渴望的回应，可是林徽因的面容依旧不见一丝尘烟。

她用自己黑如深潭、动如烟波的双眼，真诚地祝贺他，像每一个真诚为朋友感到高兴的纯粹之人那样。“恭喜你，你终于不再被一段旧式婚姻束缚了。”

如果徐志摩认真听明白林徽因的这句话，便不会再有后来的许多事。林徽因如他，家族的阻力不可谓不大。他是狂热的，而她清醒异常，她甚至提早听到了那声风的叹惜。

徐志摩为林徽因写过无数动人情诗，只有一篇，是写给前妻张幼仪的。一首《笑解烦恼结——送幼仪》，代表着徐志摩对过去的真正告别。

这烦恼结，是谁家扭得水尖儿难透？

这千缕万缕烦恼结是谁家忍心机织？

这结里多少泪痕血迹，应化沉碧！

忠孝节义——咳，忠孝节义谢你维系

四千年史髅不绝，

却不过把人道灵魂磨成粉屑，

黄海不潮，昆仑叹息，

四万万生灵，心死神灭，中原鬼泣！

咳，忠孝节义！

东方晓，到底明复出，

如今这盘糊涂账，

如何清结？

莫焦急，万事在人为，只消耐心共解烦恼结。

虽严密，是结，总有丝缕可觅，

莫怨手指儿酸，眼珠儿倦，

可不是抬头已见，快努力！

如何！毕竟解散，烦恼难结，烦恼苦结。

来，如今放开容颜喜笑，握手相劳；

听晚后一片声欢，年道解散了结儿，

消除了烦恼！

你身后有歌声与欢笑，却难以想象他人身后的万丈深渊。你的烦恼烟消云散，却顾不得旁人心结万千。

这首诗，是徐志摩的欢乐之声。他希望张幼仪快乐，希望张幼仪幸福，却忘记了这样赤裸裸的诉说，往往能够造就最大的伤害。

幸而张幼仪虽是温婉，却并非怯懦。她深知，自己的人生自己负责。未来的日子里，她还有很多事需要去做。或许正如诗中所说，笑解烦恼结，莫要庸人自扰。

第四章 未央的梦

爱像水墨青花，何惧刹那芳华

第一节 春风不再回来的那一年

犹记得那年康桥别会，尚有婚约在身的徐志摩被禁锢在婚姻的围城里窒息，那位亭亭玉立的江南女子为这位生性浪漫的诗人忽而打开心扉一角，顺着这一缝隅浅浅窥去，他像是着了魔似的沉入这传说中的爱恋世界。

蓦然回首，那人却在灯火阑珊处——这般如诗如画的景致，竟然真的在他的生命中印证了。当沐浴着新文化新思想的徐志摩不顾身怀六甲的发妻张幼仪，真的以冲破旧式婚姻的主张抛妻弃子去追求自由的爱情之时，林徽因竟然冷淡了，这一切究竟是林徽因的无情还是徐志摩的一厢情愿？

他不解，是因为他不知在他心中臆想出来的康桥女神并不是一位秉承着西方绝对自由爱情观的新女性，在这位正值二八年华、在旧式伦理教育熏陶下长大的女孩子眼中，徐志摩对自己的好不过是一位长者对自己不可思议的宠溺罢了。正像她自己后来回忆地那样：徐志摩当时爱的并不是真的我，而是他用诗人浪漫情绪想象出来的林徽因，可我并不是他心目中的那样一个人……

纵然早在1923年1月，徐志摩的恩师梁启超先生在得知徐志摩离婚后，立即写信给时在北京的徐志摩，苦口婆心劝慰，可此时的徐志摩可谓是当局者迷了，兀自地陷入“为情所迷、为情所痴”的境地，自然闭目塞听，无法接受别人的劝诫：

我之甘冒世之不韪，竭全力以斗者，非特求免凶惨之苦痛，实求良心之安顿，求人格之确立，求灵魂之救度耳。

人谁不求庸德？人谁不安现成？人谁不畏艰险？然且有突围而出者，夫岂得已而然哉？

当徐志摩满心欢喜地摆脱了旧式婚姻的束缚，本以为万事皆备，只欠东风，和发妻张幼仪的分手最终能够向林徽因表明自己的心志，抱得美人归；没承想，待到徐志摩离婚归来，等待他的竟然是晴天霹雳般的残酷事实。这位理想主义者自主构建的爱与美的摩天大厦，终于在不堪一击的现实面前轰然倒塌。

1922年3月，一路追寻着自由火炬重返剑桥找寻心中的自由女神，而早在几个月之前（1921 年 10 月），林徽因早已跟随着父亲林长民不辞而别，悄然归国。

林徽因跟随父亲林长民回国之后，继续在培华女中读书。从曾经徐志摩疯狂而热烈的爱恋中暂时脱身，林徽因得以重新审视自己的内心，那颗迷惘而无知的心灵也在慢慢苏醒。母亲对于她与徐志摩之事是极力反对的，父亲的态度也很明确，比起有家有室的徐志摩，父母更倾向于早先定有婚约的梁家大公子梁思成。

梁家与林家是多年世交，且梁家在政界和学术界都享有极高的声誉，纵然徐志摩才华不凡、风度翩翩，但考虑二人年龄相差悬殊，且徐志摩纠缠于家事的烦扰，梁思成本人的学术及人品较之徐志摩更加值得信赖。

父母的意见给了林徽因极大的影响，在感情的天平上，她历经了理智与情感的拉锯折磨，最终舍弃了对于徐志摩那份难以割舍的情感。

在这样一份并不成熟的感情面前，林徽因保持了难得的成熟和冷静。这份发自灵魂深处的激情在岁月的辗转中消解，尘埃落定，归为既有的平淡和流长。

我情愿化成一片落叶，
让风吹雨打到处飘零；
或流云一朵，在澄蓝天，

和大地再没有些牵连。

但抱紧那伤心的标志，

去触遇没着落的怅惘；

在黄昏，夜半，蹑着脚走，

全是空虚，再莫有温柔；

忘掉曾有这世界、有你；

哀悼谁又曾有过爱恋；

落花似的落尽，忘了去

这些个泪点里的情绪。

到那天一切都不存留，

比一闪光、一息风更少

痕迹，你也要忘掉了我

曾经在这世界里活过。

在这首《情愿》中，她极力地呼喊着想要忘掉，正是因为心中雕刻般牢固的记忆无法驱逐。曾经的种种已经“落花儿似的落了下去”，事实既定，回忆已成，无论是那些含笑的日子还是那些泪眼里的时光，都是抹不去的，忘不掉的，永远停留在徐志摩的心头，成为难以愈合的疼痛。

至于林徽因对于徐志摩，交织着兄长之情、知己之谊，夹杂着些许的暧昧和不舍，但她终究明白，徐志摩并不是自己一生的依附。更多的，像是偷偷地挤进生命中的某一波澜起伏的旋律，纵然有几分疼痛，恪守东方礼教的林徽因也必然要将偏轨的生活纠正过来。

这一片云彩终究只是这方天空上的过客而已。

回到剑桥之后的徐志摩只觉得人去楼空，眼前之景全然变了模样，曾经与徽因你侬我侬的情景揉碎在记忆的沙盘里。那年的秋天，他沿着窸窸窣窣的过往重新徘徊在康桥河畔，在琐碎的记忆中找寻着与林徽因相识相知的美好时光。

斯人已去，此时又有何值得留恋。1922 年 3 月，徐志摩由剑桥大学皇家学院的特别生转为研究生。把持着皇家学院赠予的“持智守礼，放眼世界”之评价，似乎可以安享剑桥大学给他的荣誉，再继续更深层次的学习。当年哥伦比亚大学的博士学位就那样轻易丢掉了，而如今，随心所欲、为自由而活的徐志摩竟然又一次毫不珍惜地把唾手可得的博士学位丢掉了。

徐志摩曾经自言，他这一生的周折，大都寻得出感情的线索。从当初为了追随大哲学家罗素的风采到英国求学，到后来发妻张幼仪离开，带走了桎梏在徐志摩身上的枷锁；而林徽因的不辞而别，留给他不尽的牵挂和深沉的忧郁。杜鹃啼血猿哀鸣，这颗心也在这孤寂痛苦中死祭了。

对于将自由、理想与美视为终生追求的徐志摩来说，爱情是他生活的大部甚至全部，追求自由灵魂的脚步往往伴着爱情而走。诗是感情的结晶，人是感情的俘虏，这般真性情的男子对爱情愈执着，亦必将意味着将要受到更多更大的伤害。

五个月后，悲戚苦闷的徐志摩再也待不下去了，抛却了身后浮名身前事，他毅然决定回国。

第二节 我独坐在半山的石上

再柔情的康桥，终究也不解徐志摩的失恋思乡之痛，最终也没能留住徐志摩的心；再唯美的康桥，少了恋人的点缀，一切都变得黯然失色了。浪迹海外，旅美欧洲，闲来几轮风月，已过四度春秋。尽管康桥是他“难得的知己”，然而他想“我爱欧化，然我不恋欧洲；此地景物全非，不如归去”。

康桥，再会吧；

我心头盛满了别离的情绪，

……

康桥，再会吧！

你我相知虽迟，

然这一年中我心灵革命的怒潮，

尽冲泻在你妩媚河身的两岸，

此后清风明月夜，

当照见我情热狂溢的旧痕，

尚留草底桥边……

康桥！汝永为我精神依恋之乡！

此去身虽万里，

梦魂必常绕汝左右，

任地中海疾风东指，

我亦必纡道西回，

瞻望颜色，

……

故我别意虽深，我愿望亦密，

……

我今去了，记好明春新杨梅上市时节，

盼我含笑归来，

再见吧，我爱的康桥！

古老而又肃穆的康桥，斑斓而又多艰的人生。正如徐志摩曾经悄然来到这异国他乡一样，他又将悄然踏上回国的路程。中途经历的种种已经改变了现实的模样，而康河的美景依旧，不识人情。

“我的眼是康桥教我睁的，我的求知欲是康桥给我拨动的，我的自我意识是康桥给我胚胎的。”

在徐志摩的青春里，有着浓得化不开的康桥情节。康桥见证了徐志摩爱情的生长与消亡，从康河的余波中潜窥自然的信仰和真实，探索世界的优美与自由；这自然的协奏曲是与绘画美、建筑美相一致的。

而徐志摩的此番康桥告别，忍痛切割着记忆，不仅是和康桥学习生活的告别，更是对往昔的告别，是和给他一生带来最大变化的康桥文化的告别。

挥一挥衣袖，不带走一片云彩。徐志摩轻轻地挥了挥手，依依惜别了他的精神依恋之乡——康桥，搭上了日本三岛丸远洋货轮起程回国。

昨夜中秋，圆月正浓。落日的余晖将天海染成了血红色，一叶孤帆仿佛静止在苍茫天地间，无声无息。可望而不可即的远方，模糊了的地平线与远山相连，推叠着层层波浪向前向前。凉风乍起，细雨窸窣，又是一番秋意！

轮船缓缓地行驶在一望无垠的大西洋上，波浪缱绻，水光荡漾，漫长而寂寞的远洋生活中，徐志摩得以有机会静下心来，细细回想着过往的点点滴滴，绵绵不断的思绪成为徐志摩航途的最好伴侣。

回想起当年初渡大洋，满怀着指点江山、慷慨激昂的书生意气，前往西洋求学，辗转于几个大学之间，虽未得到一纸博士文凭，却也在耳濡目染中感受着西方文化的熏陶和承教，一面想着归国找寻自己的爱情，另一面也期冀在西方文艺之树上采集一把希望的种子，在祖国的土壤上细细播种，精心培育。

值得一提的是，在这次的归国之行途中，还发生了一个小插曲。与人不经意的攀谈间，徐志摩偶然得知，船上竟然私藏着要运输到中国销售的毒品吗啡，出于强烈的正义感和爱国心，在船只停泊到新加坡港的时候，徐志摩抓住机会，巧施小计，顺利地完成了这次缉私鸦片的正义行动。

经过二十多天的海上漂泊，三岛丸号客轮终于在 1922 年 10 月 15 日抵达上海。渡口上人头攒动，熙熙攘攘，一派热闹繁华之景。四年的青春时光，终究化作了过往云烟；幸而如今终于踏上了祖国的土地。熟悉的环境和陌生的情愫，四年前的分别情景，恰似昨日，一切依然历历在目……

分离许久，重新踏上故土。父母的鬓角不觉间染上了寒霜；而娇儿清澈懵懂的眼神那般天真地望着自己，望着举家和谐乐融融的场景，徐志摩不禁热泪盈眶。然而背负着超人的天资和才能，志摩终究是不属于平凡世界的。家不过是他暂时停泊的港湾，享受了短短几日的欢聚时光后，他不想就这般浑浑噩噩于世，又重新整理脚步，踏上了北上之路。

徐志摩的老师梁启超先生应邀正在南京的东南大学讲授中国政治思想史，他便打算趁机继续跟从恩师追求学问上的精研，恰好父亲也打算前往南京参加南京成贤学舍的佛学大师欧阳竟天先生的讲学活动，于是便决定二人父子共同北上，前往南京。

南京的生活倒也单调，徐志摩每天不过是忙于听讲学，做笔记，一心扑在了学问上，甚至连那些朋友的宴请聚会也都推辞掉了。可是一闲下来，心口的那段情殇便隐隐作痛，回国良久，心中记挂之事未消反浓，烦闷的心绪越积越深，剪不断，理还乱，别是一般滋味在心头。

他此番回国，虽是为疗伤，却也心心所念着昔日爱人林徽因。想去寻找林徽因细问一番，却始终提不起勇气；辗转反侧，不知如何是好。正在他犹豫不决之时，梁启超先生之子梁思成的一封书信飘然而至，可谓是提供了一个为徐志摩暂解心头之忧的机会。

原来梁思成是受当时清华文学社成员梁实秋之托，想要邀请这位留学归来的大才子前往清华大学讲学，让清华的学子一览徐志摩的风采。没想到情场失意事业得意，徐志摩十分高兴地接受了梁思成的邀请，旋即追随着信里的方向来到了北京，韬光养晦终有所得，徐志摩回国后的艺术生涯从此拉开了帷幕。

北京的十月里，枫叶如火，在清爽秋风的轻抚下，发出了窸窸窣窣的碎响。漫山红遍的枫叶为即将凋零的秋日平添了一股蓬勃的激情和活力，同样富有激情的还有清华大学高登科的小礼堂。

熙熙攘攘，人声鼎沸，此时的小礼堂中满是充满期待的议论声。所有的议论都围绕着一位主角，正是那位从英国剑桥大学留学归来、大名鼎鼎的徐志摩——一位可以英国大哲学家罗素相与为友、受梁启超先生亲自教导的著名才子。礼堂中的大部分人都是慕名而来，想要乘此机会瞻仰这位传奇人物的风采，感受来自世界潮流的气息。

忽而，一阵清脆的脚步声打破了人们的议论，一位身材笔挺、白

白净净的俊秀男子款款而至。俊朗的外貌配以儒雅的气质，既蕴藏着中国传统潇洒又衬托着一派英国绅士的风度。他微微笑了一下，点头示意，缓步登台，然后从容不迫地从怀中取出事先准备好的稿子，开始“按照牛津的方式”宣读他的讲稿“艺术与人生”（Art and Life）。

按照牛津的方式来说，学术演讲的内容往往比形式更为重要，人们关注更多的是演讲者多年的研究心得，演讲结束后，甚至可以集结成册付印成书，这与国内的学术思维全然不同。对于国内人更加关注轻松有趣的演讲，吸引听众的兴趣比演讲内容的优劣甚至更为重要。纵然是享誉全国的著名学府清华大学，其中的学生也很少能有接触到通篇英文演讲的机会。

当徐志摩一开口，满座顿时哗然。一口流利的英式英语，让人感叹不愧是堂堂的剑桥学子。纵然很多东西一知半解，听众们还是被这一新奇的演讲形式吸引了。然而热闹之后，这种好奇自然支撑不到演讲结束，随着时间的推移，这样的牛津式演讲很快让后排坐的听众慢慢“开闸”，对更多的人而言，这样的演讲如同听天书一样。

此次演讲对于徐志摩来说，是留学西洋之后第一次回国亮相，正是一展个人才学和风采的大好机会，也是他回国当初对中国社会及中国传统文化的思想认识的真实反映，是他对自己几年来受西方文明影响而形成的人生观和艺术观的重要的阐释。不想徐志摩归国后在文艺舞台上的首次亮相，没有得到他想象中的热烈反响。

但是，此次来京，徐志摩在跟梁思成接触的间隙，也得以见到日思夜想的林徽因。

情人再次相见，该是怎样的泪眼婆娑，你侬我侬。徐志摩想象出千万种与林徽因相见的情景，然而，待到真正相见时，经过岁月的沉淀，一切的激情都被悄然消解了。

林徽因待他倒也无失礼之处，淡淡的一抹微笑氤氲在浅浅的酒窝，亭亭玉立的身姿绰约迷人，只是她的眼里再也没有了曾经的那种光芒，这样的陌生感让徐志摩不得不承认所有的一切都再也回不到过去了。如今越是彬彬有礼，越是让徐志摩感到心一点一点冷掉。

心中纵有千言万语，徐志摩也不得不压抑住了；心中的无限失落与感伤也不得不披上强颜欢笑的外衣，林徽因绝口不提过往之事，仿佛曾经的一切都不曾发生过似的。

正当徐志摩沉浸在默默的苦闷中难以自拔之时，一个惊人的消息恍若春雷乍响，惊得他半日无语。林徽因竟然与梁思成先生恋爱了！一面是自己曾经挚爱无法忘怀的女子，一面是自己最敬爱的恩师梁启超先生的长子。

这突如其来的消息从天而降，像一盆冷水一样把残留的那星火希望浇熄！他无法相信自己抛却了婚姻、抛却了名誉、抛却了学位、克服了重重阻力来苦苦追寻的人生灵魂伴侣，用自己的“灵魂之精髓”凝成的“理想之明珠”，竟这样头也不回地舍自己而去，奔向他人的怀抱。曾经的相爱之人如今将要嫁作他人妇，这是何种的戏谑与讽刺！命运跟徐志摩开了一个天大的玩笑。

梦底的幽情，素心，

缥缈的梦魂，梦境——

都教晓鸟声里的清风，

轻轻吹拂——

吹拂我枕衾，枕上的温存——

将春梦解成丝丝缕缕，零落的颜色声音！！

希望，只如今……

如今只剩些遗骸；

可怜，我的心……

却教我何处埋掩？

在这首《希望的埋葬》中，依稀间她梦里的模样，恍若眼前。笑靥依然，伴着鸟啼与清风吹来，吹到梦里的鲜花绽开，吹到康桥的金柳河畔，吹出了星光璀璨，吹出了沉默的笙箫与夏虫，吹出了美丽与哀愁……倏尔，彩虹似的梦碎了，只留下枕衾旁，泪光点点。

春风何时解人忧愁，得之，我幸；失之，我命。无处安葬的痛苦，对于徐志摩来说将永远地沉在心底了。

不久由于梁启超先生的安排和介绍，徐志摩暂且蛰居在北京松坡图书馆第二分馆工作，担任该馆的英文秘书。这座位于北京西单牌楼石虎胡同的图书馆掩映在绿荫丛中，幽深寂静。满目的中英文各式书籍应接不暇，为徐志摩提供了难得的休养生息的场所，正是在这里，他得以有时间静静地疗养感情之伤，从那段艰苦而漫长的岁月中走了出来。

随着时间与精力渐渐转移到工作与社会活动中，徐志摩逐渐走出了自闭的狭小圈子。他接触到更多的人，接受到更多的新鲜事物，通过参加丰富多彩的社交活动开始认识重新调整自己的生活轨道。

在北京的知识分子阶层中，流行着各式各样的聚会餐会，借着好友相聚的良机，实则以此会友，联络感情，交流思想。当然在闲谈莫论间，也常常碰擦出精神的火花。

徐志摩对这一形式并不陌生，在英国这般类似的具有艺术气息的沙龙常常出现。生性爱热闹的他在重新回归社交圈之后，很快成为各种互友会、聚餐会的常客，在觥筹交错、喝茶聊天间，聊以冲散许久以来积郁在心头的苦痛。很快，石虎胡同七号便成为众多名人墨客相聚聊天的大本营，诸多名流学者，诸如胡适、梁启超、丁文江、林长民、张君劢等人，都曾在此留下过足迹。在欢声笑语里，忙忙碌碌间，徐志摩周旋于好友名士之间，日子倒也轻快了很多，一切似乎又恢复了往日的妙趣与纯真。

经历了爱情之殇，徐志摩的灵魂仿佛经历了一场彻底的洗礼。与林徽因的爱恨离别是徐志摩人生中不可忽视的重要一笔，斑斓多彩的人生必然是五味杂陈的。

第二节 我一定认清我的方向

徐志摩重新将生活的重心转向澎湃事业，他逐渐找回了许久以来丢失的自我价值。他重新举起追求自由、民主、爱与美的大旗，重整旗鼓，重新出发。

1923年，正值国内的新文化运动轰轰烈烈，“五四”文化运动的新观念、新思想正在渗透到文人才士们生活的方方面面。这场中国近代史上最为深刻的思想文化变革，最终也对徐志摩的人生产生了重要影响。一方面徐志摩在与西方文学家们的交流中，传播了中国的传统思想与文化；另一方面，学成归国之后，又将异域浪漫和唯美的文风带回了中国。中西方文学艺术的气息在徐志摩的身上融会，促成了双方的完美融合。

1921年4月，徐志摩在梁启超先生主编的杂志《改造》的第三卷第十期上发表了在赏读罗素的《布尔什维克理论与实践》之后写成的文章《罗素游俄记书后》和《评韦尔斯之游俄记》。在与罗素探讨交流期间促成了罗素的新作《中国问题》一书，在推动中西方文化交流的道路上做出了卓越有效的努力实践。

在崇尚和介绍西方民主主义思想的同时，越来越多的外国文学家的作品通过徐志摩之笔翻译到中国，可谓是为当时新文化新文学蓬勃发展的年代再添了一把火苗。1923 年的金秋十月，正是果实累累的丰收之季，正因为徐志摩与陈源的共同合作，才促使曼殊斐尔的小说《园会》以及詹姆士·司蒂芬的小说《玛丽玛丽》等得以真正在中国的文学界中流传。

而至于他本人，更是极力推崇雪莱和哈代的诗歌，“在诗人，似乎每一个字都是有灵魂的，在那里跳跃着；许多字合起来，就如同一个绝大的音乐会，很和谐地奏着音乐。这种美的感觉，音乐的领会，只有自己在那一瞬间觉得，不能分给旁人的。”雪莱小诗中的那种轻盈、那种微妙、那种真挚，让徐志摩似乎漂洋过海找到了一位久违的知音，虽未碰面，却怀揣着同样的对于美和自由的理想追求。这般欣喜，怎能不让人灵魂颤动，产生精神的共鸣？

作为一个浪漫主义诗人，徐志摩绝不是自此沉浸在空泛而虚无的想象中不得自拔，他的笔尖牢牢地握住大地，一腔热血同样献给人类，一颗赤子之心同样属于现实社会——这也正是他推崇哈代诗歌的原因。在哈代诗歌强有力的字眼之中，渗透着诗人强烈的批判现实主义意识，暴露了人类灵魂的隐秘与短板，最终形成对人性本身的戏谑与嘲讽。

这样的彻悟与徐志摩本身对于文学的推崇有某种意义上的契合，大概这也是徐志摩诗歌的唯美背后总是氤氲着淡淡哀愁的根本原因。

徐志摩的多情，不仅仅是在爱情面前的不加拘束，在友情面前的豪放达观，更是表现在他追求文学艺术上的多姿多彩。终日里误以为他所吟唱的不过是快乐悠闲的文艺小调，却不曾细细品味在美丽背后的哀愁；众所周知，徐志摩推崇泰戈尔的抒情小诗，却不知他竟也翻译过像波特莱尔《死尸》这一类现实主义怪诞的作品，在摸索和试验中显露出不为人知的诗才和风格。

徐志摩对中西方文化交流所做出的卓越贡献，是无人可与之比肩的。

在留学回国之初，徐志摩怀着万分的豪情，踌躇满志，一方面致力于新月派的社交活动，做好中西方文学沟通的桥梁；而另一方面，他亦不忘从社会人生到文学艺术各个方面，全面宣扬自己的理想，实现曾经在心中积聚良久的目标和愿望。

假如我是一朵雪花，

翩翩的在半空里潇洒，

我一定认清我的方向——

飞扬，飞扬，飞扬——

这地面上有我的方向。

不去那冷寞的幽谷，

不去那凄清的山麓，

也不上荒街去惆怅——

飞扬，飞扬，飞扬——

你看，我有我的方向！

在这首《假如我是一朵雪花》中，他以雪花自拟，对未来充满了无限的希望和遐想。一切都有自己的主张，也将有自己的人生航向，不会去随波逐浪到天涯，不会去迷茫和怅惘，坚守一朵雪花的温度，冷艳而高傲地朝着理想的方向飞翔。

随着徐志摩在国内文坛的影响力越来越大，他开始不再囿于北京西单牌楼石虎胡同七号这个小小的沙龙来聚会闲聊，他要突破原有的方式来传播交流思想。他放眼整个中国文坛，与在新文学运动中举旗掌舵的各个文学流派相互进行思想的碰撞，精神的火花在一次次交流中越发璀璨，越发耀眼。

随后他加入了文学研究会，借助《小说月报》这个平台，他大量的诗文和译作得到发表，声誉越发提升。其后他又接触了创造社，与创造社的浪漫气质不谋而合；他在清华大学的那篇演讲稿《艺术与人生》就发表在《创造季刊》上。

然而不久后，在1923年5月6日的《努力周报》上，因徐志摩在《假

诗，坏诗，形似诗》中无意批评了郭沫若之诗《重过旧居》的一句“泪浪滔滔”，没承想一次学术上的争鸣却使他引火上身，惹得创造社的主将人物成仿吾和郭沫若极不高兴，一场文笔官司，一场口舌纷争，徐志摩与创造社的缘分消失殆尽。

这些文学团体和学术杂志固然为徐志摩提供了更广泛的思想传播交流渠道，但是在某种程度上却限制了他的独立性和自主性。与创造社的这场莫名纷争加速了徐志摩与其他团体的分裂，他需要重新探寻新的事业平台。

就在这时，志摩与《晨报副刊》的情谊越来越浓。

《晨报》的主编陈博生、黄子美不像创造社的同人那般，个个儿是名震当时中国文坛的大家，对于纵观中西、颇负盛名的徐志摩，自然不敢有些许轻薄；《晨报副刊》里的文章志摩倒也看过，其中的风格与自己的理想追求榫卯相合。早在 1923 年 4 月、5 月间，先后在此刊上发表了《看了〈黑将军〉以后》《“我们看戏看的是什么？”》《德林克华德的〈林肯〉》等剧评文章。其后，《晨报副刊》也成了新月派诗歌的主要“战斗”基地，共同谱写了诗歌中的“三美”传奇。

更深层次上，徐志摩更期望在自己的园地里，独立而不受拘束地自由发表言论。筹办了大半年时间，1924 年，徐志摩在北京创办《理想》周刊，并计划着在四月份出版创刊号。

中国现状一片昏暗，到处是人性裹着的卑贱、下作的那一部分表现。所以，一个理想主义者可以做的，似乎只有去制造一些最刺透心魂的挖苦武器，藉以跟现实搏斗。能听到拜伦或海涅一类人的冷蔑笑声，那是一种辣人肌骨的乐事！

怀揣着这样的信念，一个理想者想要用一支笔杆与黑暗残酷的现实拼死搏斗，拯救置身于水火中的黎民百姓。然而由于种种原因，《理想》终究被这野蛮的世界扼杀在襁褓之中。

归国后两三年里的抗争和努力，现实与理想之间的距离越拉越大，让徐志摩感受到一种难以名状的压迫，他的理想和主义不断地被现实欺骗，满腔热血骤然冷却。

1923 年，徐志摩从北京辗转来到天津，在南开大学授课。盛夏八月，正是北方最炎热的时候，树上知了啼鸣，唱着懒洋洋的歌。适值南开大学的课业结束，徐志摩便与友人前往北戴河的避暑山庄小聚。

此番归国已经一年有余，回想回国后的种种事迹，徐志摩不禁感慨万千。他曾经苦苦追寻的爱情，在时间的罗盘里，早已烟消云散；而近期理想在现实面前面临种种严峻考验，似乎变成了一个虚幻的泡影，渐行渐远。

我的心灵，比如海滨，生平初度的怒潮，已经渐次地消失，只剩有疏松的海砂中偶尔的回响，更有残缺的贝壳，反映星月的辉芒。此时摸索潮余的斑痕，追想当时汹涌的情景，是梦或是真，再也无须辨问。

北戴河是中国有名的避暑胜地，艳阳之外，夏风习习，点点星光点缀在水面之上，恍若仙女遗落在人间的果实。望着波光粼粼的北戴河，徐志摩似乎忘却了纷乱繁芜的人间，似乎忘却了曾经凋零的爱情之痛，忘记了理想饱受沧桑的苦闷，所有的庸俗与卑微都被这款款而下的河水带走了。

追忆似水流年，终将带走阉割灵魂的利刃，扑灭炮烙灵魂的烈焰。生命的顿悟在面对滔滔河水时真实流露无遗，新的行囊似乎又重新积聚了力量，带着大自然的恩泽与命运的洗礼，踏上新的征程。

徐志摩那颗多情而躁动的心灵渐趋平静，不承想一粒石子突然惹得平静的生活突生涟漪。

那日夜晚，正当徐志摩清洗完一天的疲惫，准备休息的时候，一封突如其来的加急电报打破了平静，电报来处是南方老家，徐志摩隐隐地有一种不祥的预感。轻启报函，一行大字刺入眼帘“祖母病危速回”。

几年未见，徐志摩本以为以后有很多机会孝敬长辈，与家人共享天伦之乐，没承想，时不我待，深爱自己的祖母竟然到了生命垂危的境地，这是他万万都没想到的。

顿时，他整个心像是浸在热水里一样，滚烫滚烫的。坐立不安，一夜未合眼，望着天边的暮色一点点褪去，远处泛出斑斑鱼肚白。

第二天一早，他匆匆告别友人，直奔故乡的方向而去。待到他风风火火马不停蹄地赶到硖石家中，门前冷落车马稀，一派萧瑟之景似乎已有所暗示。原来祖母病重已有几日，脸上皱纹堆累，面色苍白，眼窝凹陷，颧骨高耸，已经不省人事。

不几日后，祖母在这个夏天溘然长逝，举家上下哭喊声音震天。祖母之死，给本性多情的徐志摩以重大打击。残酷的时间带走了他一个又一个挚爱，他欲哭无泪。在命运面前，他无能为力，只能选择服从和接受。

然而，徐志摩不是个悲观的人。他是自然的崇拜者，他是爱与美的崇尚者。经历过祖母的丧事，徐志摩重新转向自然的怀抱寻求心灵的抚慰，守孝的空闲为他的西湖之行提供了良机。

中秋之夜，月圆星稀，清风徐来，水波不兴。父亲邀了徐志摩，找了沈叔薇兄弟等一众亲友,呼朋引伴,乘风搭船,一直开到东山背后。只是暮夏的九月份，没承想，徐志摩竟然在塔影河的两岸寻觅到了几片经霜的秋枫，未成形的酱红色露出些淘气可爱的味道。这次的偶获枫叶绝对是惊喜之举，正因为这种不期然的相遇，才让徐志摩真切地感到这种“山重水复疑无路，柳暗花明又一村”的喜悦。

一天的乌云紧密，本以为是一场“山雨欲来风满楼”的架势，不承想，到了夜晚倒也放晴了。暮色像是被人拿了带水的墨色一般一层层地铺染上去，愈见浓厚，最终黑幕完全全掩了整个天空，只有那中秋的冷月为天空照明。难得的中秋月圆之夜，难得的亲友相聚之时，对于这份不可多得的幸福，徐志摩感到分外珍惜。

有人提议白堤观湖。徐志摩一行人雇了小舟，直向湖中心的小岛进发。美食醇酒，谈天说地，无拘无束，豪放自如，颇有些魏晋名士的风度。

第二日，趁着晨阳暖融，他们起身已不早，又与绎义共同前往烟霞洞，路上顺道途径雷峰塔，那里曾经流传着白素贞的故事，多情的白娘娘虽然被法海镇压在雷峰塔下，然而她那真挚感人的爱情故事，却在时光隧道中散发出愈发璀璨的光芒。徐志摩觉得雷峰塔的形色与地位，有着说不出的神秘庄严之美。白状元的坟就在塔前的湖边，左手边草丛里也有一个坟，前面一个石碣，说是白娘娘的坟。穿过满是荆棘的小路，就远远地望见若隐若现的土堆，周遭草木丛生，偶尔夹杂着几朵粉嫩的小花儿，甜蜜温馨，颇有诗意。一首名为《月下雷峰影片》的诗作，应景而成。

我送你一个雷峰塔影，
满天稠密的黑云与白云；
我送你一个雷峰塔顶，
明月泻影在眠熟的波心。
深深的黑夜，依依的塔影，
团团的月彩，纤纤的波鳞——
假如你我荡一支无遮的小艇，

假如你我创一个完全的梦境!

雷峰塔林立在西湖畔，塔影在水中摇曳，波纹涟漪荡漾，吹皱了一湖的倒影。一潭秀水，一座方塔，映着和风秋色，倒也在这残破的楼阁中发现出些许古典的韵味。在雷峰塔的媚影里，月光的银辉下，徐志摩正在用充满诗意的语言编织着一个美丽的梦。

来到西湖之后，徐志摩得知好友胡适正在西湖畔的烟霞洞养病，趁此之际，拜访好友，互论学术；后来又偶遇了诸多著名的大家，陈衡哲、陶行知、朱经农……文友相逢，茶盏交错，谈古论今，欢声笑语，不亦乐乎。此番的西湖游赏不仅让徐志摩收获了自然的美景美色，更让他得以纵身于好友之间，感受到了弥漫在人与人之间的珍贵情谊。

这一次的西湖之行，让徐志摩甚是欣喜，料想当年，北宋大文豪苏东坡曾有诗云“若把西湖比西子，浓妆淡抹总相宜”，徐志摩也受美景的启发，不禁作文《西湖记》以记之。

软红千丈，不过如是。徐志摩的真性情即是如此。

第五章 生如夏花

我冲入这黑茫茫的荒野

第一节 崇拜你的崇拜

徐志摩对于西方的思想文化似乎有着超乎寻常的热情，新文化运动的大力提倡与徐志摩对于异域文学的崇拜相辅相成，力求在中西方文化的交融中寻找到有效的平衡点，为两者之间沟通建立有效的平台。

从罗素开始便是如此。

他崇拜着罗素为了正义呼号，勇于担当起一位知识分子责任的志气；他崇拜着罗素精辟独到的学术见解和宏大系统的思想体系；他崇拜着罗素的生活态度，更崇拜着罗素的品性。想当初徐志摩为了前往英国伦敦追随深深迷恋的大哲学家罗素的脚步，义无反顾地放弃了哥伦比亚大学唾手可得的博士学位，不远千里跨越大西洋奔赴先贤，想要跟随这位 20 世纪的大家真正地交流。

与罗素的交往超越了徐志摩原本的设想，他不仅从罗素身上学得知识，更是在生活上成了能够与其谈天交心的好友。深入了解过后，两人都对彼此有了更深刻的认识，徐志摩对罗素更是心悦诚服，崇拜之至；而罗素也十分赏识徐志摩的诗学才华。

在 1922 年徐志摩归国之后，始终未能舍弃向中国文坛带来国外新气息的努力，国内举办的各种讲学也曾盛邀国外学术大家交流和传播新思想。

然而与罗素的交往只是一个小小的开始，更负盛名的是徐志摩与大文豪泰戈尔先生的交往。

1913 年诺贝尔文学奖的获得者拉宾德拉那斯·泰戈尔（RabindranathTagore，1861—1941）是现代印度的著名诗人，被称为现代印度百科全书的哲人。以冰心先生为代表的小诗一派极力推崇泰戈尔的诗作，而泰戈尔先生诗歌中对于爱、美与自由的赞美之情也正与徐志摩的诗歌主张不谋而合，诗歌中的情绪是肆意流淌、任意而为的，这种立于规范而不囿于法度的自由之曲正是徐志摩所苦苦追求的。

当徐志摩听说为了加强中印两国文化艺术的交流，由梁启超和林长民等人主持的讲学社，将要邀请泰戈尔先生前往中国来讲学、游历时，他顿时兴奋起来。借着新文化运动的契机，早在 1915 年这位大诗人的诗歌就被介绍到中国，如今有机会亲自瞻仰泰戈尔的风采，徐志摩自然感到万分荣幸。

他在《泰戈尔来华》的文章中说道：

泰戈尔在世界文学中，究占如何位置，我们此时还不能定，他的诗是否可算独立的贡献，他的思想是否可以代表印族复兴之潜流，他的哲学（如其他有哲学）是否有独到的境界——这些问题，我们没有回答的能力。但有一事我们敢断言肯定的，就是他不朽的人格。他的诗歌，他的思想，他的一切，都有遭遗忘与失时之可能，但他一生热奋的生涯所养成的人格，却是我们不易磨翳的纪念。

我们所以加倍欢迎泰戈尔来华，因为他那高超和谐的人格，可以给我们不可计量的安慰，可以开发我们原来淤塞的心灵泉源，可以指示我们努力的方向与标准，可以纠正现代狂放恣纵的反常行为，可以摩挲我们想见古人的忧心，可以消平过渡时期的张皇的意气，可以使我们扩大同情心与爱心，可以引导我们入完全的梦境。

徐志摩向来是崇尚名人和注重中外文化思想交流的，加之此次来华的是自己十分崇拜的大诗人泰戈尔先生，徐志摩很是热心地从旁协助做一些力所能及的杂事。志摩的极大兴趣被讲学社的同人们看在眼中，讲学社便将这次欢迎泰戈尔来华的具体事项委托给徐志摩主理。

正是这次偶然的契机，徐志摩得以有机会通过泰戈尔的英籍助手恩厚之（Elmhirst）先生与泰戈尔老人开始了联系，开启了徐志摩与泰戈尔先生的伟大友谊。

讲学之前，徐志摩为泰戈尔先生的这次中国之行做足了准备，这不仅仅是为了表达对这位享誉世界的大文学家的崇敬和尊重，更是在向世界展示中国的风采和文化。

舆论宣传当然要打头阵，在报刊主流媒体上，大量的文章被发表：《诗人泰戈尔》《泰戈尔的来信》《泰戈尔来华》《泰山日出》《泰戈尔来华的确期》和《幻想》等，向国人介绍、宣传泰戈尔的思想及作品。

身未动，影先行。文学研究会的专刊上特意出版了郑振铎先生翻译的《飞鸟集》《新月集》《园丁集》和《吉檀加利》等作品，这些佳作成了新青年们相继模仿的范式，这样把生气勃勃、浩瀚无边的诗作鼓舞了人们，这般巨大的影响是史无前例的。泰戈尔的影响让人想到了春回大地的光景——是忽尔来临的，也是光辉璀璨的。

徐志摩的这番努力果然取得了良好的效果，泰戈尔的影响在宣传潮流的推动下越发磅礴，也渐渐为泰戈尔的成功访华之行积蓄了力量，掀起了一阵阵崇拜泰戈尔的热潮。

一切都已准备停当，以俟尊驾莅临。

千呼万唤始出来，泰戈尔终于来了。

1924年4月12日，在上海的汇山码头，一艘客轮吹着长长的鸣笛，缓缓地拨开海面上沉沉雾霭，向着码头的方向徐徐驶靠码头。码头上人头攒动，熙熙攘攘，好不热闹，人们都在等待着这位传说中的大文豪的到来。

船头之上，一个身影越来越近，越来越清晰。模糊中一个人的轮廓渐渐勾勒出来：身披棕色长袍，头顶绛红色软帽，银白色的须髯飘在胸前，恍若异域的仙人下凡一般，泰然自若。徐志摩激动万分地发现，这位身形伟岸的老者，正是大诗人泰戈尔。

泰戈尔的到来让整个码头都沸腾了，让整个中国文艺界都沸腾了！

泰戈尔及随同的国际大学访问团成员抵达上海之后，受到了上海文艺界各方人士的热烈欢迎，在致辞谢意之后，泰戈尔将来华后的演讲首秀献给了这座海上城市。会场上座无虚席，人们都迫不及待地想要瞻仰这位年逾花甲的大诗人的尊容，到场者不时掌声阵阵，被他精彩的演说所吸引。

身为泰戈尔之行的总策划人，徐志摩将整个行程安排得妥妥当当。在徐志摩的陪同下，泰戈尔一行先是来到杭州，游历了中国名胜风景西湖胜状。

犹记得那年中秋圆月，徐志摩曾经与友人在西湖畔边把酒话桑麻，如今陪同泰戈尔老先生再次来到旧地，徐志摩心中感慨万千。

此时适值阳春时节，杨柳依依，春风洋洋，那些鲜嫩的花草树木如同刚刚睡醒了一般，欣欣然张开了眼睛，世间万物都呈现出新生的姿态。阳光下的西湖，如同一幅淡雅的水墨画，陈列在两旁的树木，也像是商量好了似的，站得笔直，迎接着泰戈尔先生的到来。

天性喜爱自然的泰戈尔老先生对西湖的美景赞不绝口，一位诗人置身于这般美景之中，不禁胸臆荡漾，难以自已。有所观，有所思，有所感，一群诗人眼里的西湖，怎能少得了诗情画意的点缀？徐志摩竟一时诗兴大发，伫立于开得正浓的海棠花下，慨然作诗吟句：“林流可奈清癯，第四桥边，呼棹过环碧；此意平生飞动，海棠花下，吹笛到天明。”

遍历了中国南方小城的美景，泰戈尔的行程逐渐向北方转移。

杭州之后，在志摩的陪同下，泰戈尔一行人踏着融融春光沿着津浦线一路北上。途径南京、暂驻济南，望着窗外的风景一点点向后飞去，离计划中的目的地越来越近了。4 月 23 日，一行人最终抵达了此次游历讲学的中心之地——北京。

身为中国的政治经济文化中心，北京城汇聚了各路文人墨客；这座古色古香的城市，在饱经历史沧桑过后，越发彰显出知性的优雅与风度。泰戈尔先生很早便听闻过北京城的魅力，此时，为了迎接这位远道而来的大文学家，中国文化界的诸多名流雅士齐聚一堂，共襄盛举。蔡元培、胡适、梁启超、辜鸿铭、梁漱溟、范源廉、熊希龄、林语堂等大家带领各界代表三百多人聚集在北京车站，在这个春天向前来访华的泰戈尔先生表达最热烈的欢迎和最崇高的敬意。曾经到访中国的名人不在少数，不过以这般礼遇规格对待的却仅此一位。

火车将近，一阵嘶鸣划破了平静的天空。等候者中跃起一阵欢腾，政界名流们都迫不及待地等待老先生的到来。火车门开，只见泰戈尔先生身着青色长袍，头戴绛红色冠帽，满颊苍髯在风中徐徐飘拂，如同一团激情燃烧的火焰。欢迎者立于车旁，拍手欢呼。泰戈尔笑靥盈盈，体态端稳，朝人群举手致意。

泰戈尔在北京的行程更加丰富，徐志摩让林徽因担当了泰戈尔在北京期间的副翻译，借此机会，徐志摩与林徽因得以有更多的接触。纵然各种小报乘此机会大肆炒作两人的情事，然而此时两人都清楚地知道，他们的关系与往昔已全然不同，不再是花前月下、康桥柔波里的甜蜜情侣，逐渐演变成生活上的朋友和事业上的伙伴。

曾经的激情在时光下逐渐沉淀、冷却，红颜知己，灵魂密友，这或许是两人最好的结局。

泰戈尔在北京的讲学，在北京天坛公园为他举行的大型欢迎会中拉开了帷幕。

一片热烈的掌声过后，梁启超先生登台致欢迎辞，接下来秀美大方的林徽因轻扶着泰戈尔老人，缓步走上主席台。立定，老人满面笑意，双手合十向来宾致意。从容而大度地开始了他的演讲，言辞沉着有力，翩翩风度让人钦佩。

林徽因、徐志摩侧立一畔，神采飞扬，气度飞扬，翻译的言辞更是饱含恳切真挚之意。此情此景，无不使人称道感动："林小姐人艳如花，和老诗人挟臂而行，加上长袍白面、郊寒岛瘦的徐志摩，犹如苍松竹梅的一幅三友图。"

泰戈尔在京的二十多天中，在北京文化界欢迎大会上和几个大学里及最后的欢送会上，共作过六次公开演讲，泰戈尔在华的诸多讲话，大都由徐志摩翻译传播给大众。徐志摩如同泰戈尔先生的影子一般，在老先生每一次公共场合出现在公众面前时，都相伴左右。"用中国语言中最美的修辞，以硖石官话出之，便是一首首的小诗，飞瀑流泉，淙淙可听。”相信这是世人对徐志摩翻译的最好评价。

泰戈尔的中国之行在他 64 岁的生日寿宴上抵达高潮。在徐志摩的新月派俱乐部和北京学术界朋友的安排下，生日宴会邀请了众多名人参加，众人众星捧月般将泰戈尔围拢中央，举杯酬和。

泰戈尔老人面色红润，笑颜绽放，十分高兴。在礼节性的演说和赠礼仪式后，徐志摩别出心裁地安排了泰戈尔的剧作演出和为泰戈尔献赠一个中国名字的典礼，赠名典礼由中国大学问家梁启超主持，泰戈尔的名字“拉宾德拉（Rabindra）”兼具“太阳”与“雷”之意，译即如日之升，如雷之震，中文译为“震旦”，而“震旦”却是对古代“中国”的称呼。梁启超认为，按国人的习惯，有名得有姓，因印度国名为“天竺”，泰戈尔应以国名为姓，所以为泰戈尔起的中国名字应当为“竺震旦”。这一名字被刻成一枚大印章，隆重地敬送给了泰戈尔先生。

祝寿会因新月社专场用英语演出泰戈尔的名剧《奇特拉》（*Chitra*）而推向了高潮。

相貌丑陋的马尼浦王奇特拉瓦哈那唯之女奇特拉，饱受着外表之美与心灵之美之间的煎熬，鱼与熊掌不可兼得，在舍内取外和舍外取内之间，奇特拉的爱情正在经受着历练。最终她选择了舍弃外在虚伪的美丽，用真正的人格魅力去征服自己的爱人，收获了完满的生命果实。

林徽因、徐志摩和张歆海分别在剧中扮演奇特拉、爱神和阿俊那。演员们动情的演出以及舞台背景上若隐若现的“新月”影像，代表着新月社向《新月集》的作者致以崇高的敬意。时隔多年之后，徐志摩与林徽因再次同台，共演话剧，时光似乎重新倒流回几年前，徐与林在康桥河畔你侬我侬、细细碎语，举手投足间说不尽的情谊冷暖，两人之间的默契似乎又重新回来了。

才子配佳人。一时间，众人对于徐志摩与林徽因的关系揣度万千。

此番陪同泰戈尔之行，是徐志摩生命中的一大闪光点，在历史上留下一段佳话。也正是借着这个机会，徐志摩得以与林徽因再次重逢，往昔惘然，未来难料，两人的感情经历了这次的事情，在悄然发生着转变。

第二节 那一声珍重里有蜜甜的忧愁

泰戈尔的华夏之行即将缓缓落下帷幕，最后一站即将落脚山西太原。

此次泰戈尔来华，既引得热烈的欢迎，更有激烈的批驳。部分激进人士有意冷遇泰戈尔，甚至言辞激烈地攻击泰戈尔，他们批判泰戈尔所代表的印度宗教文化，是落后和不科学的。

看到时人如此误解自己真心崇拜的泰戈尔先生，徐志摩深感失望。于5月19日，徐志摩特意写下《泰戈尔》一文，一如既往地抬高泰戈尔，并婉转地指责了批评了泰戈尔的文人。

他是百灵的歌声，他的欢欣、愤慨、响亮的谐音，弥漫在无际的晴空。但是他是倦了。终夜的狂歌已经耗尽了子规的精力，东方的曙色亦照出他点点的心血染了蔷薇枝上的白露。

他的人格我们只能到历史上去搜寻比拟，他的博大的灵魂温柔我敢说永远是人类记忆里的一次灵绩。他的无边的想象与辽阔的同情使我们想起惠德曼；他的博爱的福音与宣传的热心使我们记起托尔斯泰；他的坚韧的意志与艺术的天才使我们想起造摩西像的密讫郎其罗，他的诙谐和智慧使我们想象当年的苏格拉底与老聃！

这位原本便身体欠安的鸿博老者不远万里，跨过大江大海，来到中国，竟然遭受这种恶言的诽谤，徐志摩实在难忍。

在徐志摩陪同泰戈尔前往太原的路上，两人倾心交谈，跨越了地域、文化与年龄的差距，成了真正惺惺相惜的知己。

太原之后，泰戈尔的中国之行将要画上圆满的终结。而按照计划，徐志摩将要陪同泰戈尔先生继续东游，前往日本。

泰戈尔离京之时，前来车站送行的人摩肩接踵，一束束送别的鲜花娇嫩欲滴、五彩斑斓，似乎要将一切的美好都留在此刻，留在这个美丽的季节。

在人群中忽然闪现了林徽因的身影，亭亭玉立，芳压众生，徐志摩的心忽而紧紧地疼了一下，仿佛被突然抽打了似的。想起曾经与林徽因相伴在泰戈尔先生左右那些欢笑时光，又忽而忆起几日前得知林徽因将要与梁思成双宿双飞前往美国留学，此时一别不知何时再见，只一眼蓦然回首，千万年已无言。

满腔的疼痛积压心底，无处解人忧。洪水一般的离愁别绪倾泻在笔尖，流淌于白纸之上：

我真不知道我要说的是什么话，我已经好几次提起笔来想写，但是每次总是写不成篇。这两日我的头脑只是昏沉沉的，开着眼闭着眼都只见大前晚模糊的凄清的月色，照着我们不愿意的车辆，迟迟地向荒野里退缩。离别！怎么的能叫人相信？我想着了就要发疯，这么多的丝，谁能割得断？我的眼前又黑了！

欲罢不能！欲罢不能！徐志摩的胸前似乎挤压着一堆乱麻一般，欲语泪先流。

时光仿佛早已过了千载，浮萍渐行渐远渐无书。黄昏时分，列车缓缓地启动，迈着沉重的脚步，踏上了归程。泰戈尔从车窗向送行的人们双手合十，表达着致意。徐志摩望着窗外渐渐模糊的人群，两行清泪款款落下，在雪白色的纸页上绽开一朵苍凉的花。

5 月 23 日，太原事务处理完毕，泰戈尔与徐志摩沿着京汉路一直南下到汉口，踏着长江的滚滚波涛溯流而下，直达下游取道上海；经过了这么多日的紧张行程，两大诗人终于得以空暇放松下来，一路上吟诗捻句，欢喜不尽。

待到 5 月 29 日，泰戈尔先生算是正式地结束了对中国的交流访问，告别了上海乘船前往东京。

在日本期间，徐志摩写下了那首脍炙人口的著名小诗《沙扬娜拉》：

最是那一低头的温柔，
像一朵水莲花不胜凉风的娇羞，
道一声珍重，道一声珍重，
那一声珍重里有蜜甜的忧愁——
沙扬娜拉！

刚刚接受了泰戈尔先生的熏陶和影响，这首精致的小诗《沙扬娜拉》很明显受到泰戈尔先生的影响，纵然长者的睿智与彻悟略有不足，然而诗人的灵动与浪漫情怀却十分丰盈。整体艺术风格温柔妩媚多情却又不令人有腻烦之感，简单到美丽的极限，它的美丽或许也正是因为它的简单。这首送别诗可谓是徐志摩抒情诗的绝唱，历来为人们所称颂。

道一声珍重，道一声珍重，那一声珍重里有蜜甜的忧愁。蜜甜的忧愁似乎正是徐志摩此时心境的真实写照。

这份绵密而细致的情感，在徐志摩的笔下，竟也形象化了。那份甜蜜和美丽如同娇嫩的水莲花在微风轻抚时的羞赧神色，内心的无数复杂情感都在一声声“珍重”声中化为难以割舍的缠绵爱意，想走却不舍走，想留却不能留，在这种矛盾和纠结中，这样的忧愁包含着甜蜜的爱意。

在与泰戈尔相伴相知的这段日子里，徐志摩感到泰戈尔先生的形象似乎从想象中走了出来，变得更加真实、更加感人，也正是在这份平凡中徐志摩得以了解一个崭新的全然不一样的泰戈尔，他那伟大又崇高的人格在平易近人的品性衬托下变得越发高尚。

徐志摩与泰戈尔先生的交往，可谓是文学界一段佳话。志摩的思想、兴趣以及对文学的热爱和对民族国家肩负的责任，与泰戈尔老人有着众多的相似之处。思想的交流冲破民族、年龄的限制，一次次碰擦出炫目的火花。自此，徐志摩与老人结下了深厚的友谊，成了最知心的朋友。泰戈尔回到印度后，在给志摩的一封信中写道：

从旅行的日子里所获得的回忆日久萦绕在心头，而我在中国所得到的最珍贵的礼物中你的友谊是其中之一……

经过五个多月的周折辗转，直至7月间，徐志摩与泰戈尔离开日本，徐志摩把泰戈尔先生特意送往香港，洒泪挥别，并相约来年在欧洲再次相见。

泰戈尔回国后，将此次中国之行的主要演讲内容，加以系统整理，辑录为《在华谈话录》，于1925年2月在印度加尔各答出版，轻轻地翻开扉页，上面几行大字赫然映入眼帘：“感谢我友徐志摩的介绍，得与伟大的中国人民相见，谨以此书为献。”

这段美丽而短暂的时光就这样圆满地画上了句号。

第二节 我们早起，看白云飞

泰戈尔的离去，意味着徐志摩一直以来的任务也光荣完成了，生活一下子空闲下来，心也变得空落落的。

送走了泰戈尔，却留下了牵挂。徐志摩最兴奋最风光的时期就这样埋葬在过去了。百无聊赖的徐志摩便重新投奔到自然的怀抱，寄身万千山水，相约云游天地间。其后与好友张歆海相约来到庐山，在此地近一个半月的蛰居让徐志摩许久以来躁动的心灵终于得以冷静下来，此处的生活倒也自在，他闲来时或是向自然倾吐心中思绪，或是伏案埋笔，致力于翻译泰戈尔先生的诗文作品。

惨淡的蛰居生活之后，徐志摩终于归京。在与好友陈西滢的女友凌淑华小姐的通信交往中，徐志摩收获了宝贵的友谊。长达两个月的通信，徐志摩一股脑儿地向凌淑华倾吐心中千万烦恼丝，而凌淑华也常与徐志摩分享自己的所思所想。两个人的精神靠在一起互相取暖，自由抒发情感，心心相印，互为知己。

短暂的蛰居生活暂且抚平了徐志摩的心性，徐志摩静下心来，得以再次回到诗歌文学的怀抱。

生性热爱浪漫和热闹的徐志摩自然无法一直沉浸在这种平静而又有些冷淡的氛围中，又是一年逝去。去年的此时，正是泰戈尔先生刚刚访华，一切的美好才是刚刚开始而已。

思绪正要陷入与泰戈尔先生的回忆，忽然收到了泰戈尔先生的助理恩厚之恰逢 3 月 10 日左右的来电，邀请徐志摩先生实现曾经与泰戈尔先生订立的承诺，前往欧洲与泰戈尔先生会见。于是徐志摩便计划从北京起程，途径苏联，奔赴欧洲旅行。

在欧洲之行的途中，徐志摩放慢了脚步，放眼山川，遍历欧洲。当来到意大利的佛罗伦萨时，独自处于异国他乡、客居异地的孤零无依，对曾经远逝爱情的思念，一腔梦想热情未就的慨然，各种复杂的情绪交织，终于酝酿成一种阴郁萧瑟的情绪，缥缈烦乱，这种思绪纵贯起徐志摩的人生追求与生命信仰，便构成了这首独特的诗歌的内涵。是年六月，这首著名的诗歌《翡冷翠的一夜》在徐志摩笔下呼之欲出：

你真的走了，明天？那我，那我……

你也不用管，迟早有那一天；

你愿意记着我，就记着我，

要不然趁早忘了这世界上有我，

省得想起时空着恼，

只当是一个梦，一个幻想；

……

爱，你永远是我头顶的一颗明星；

要是不幸死了，我就变成了一个萤火，

在这园里，挨着草根，暗沉沉地飞，

黄昏飞到半夜，半夜飞到天明，

只愿天空不生云，我望得见天，

天上那颗不变的大星，那是你，

但愿你为我多放光明，隔着夜，

隔着天，通着恋爱的灵犀一点……

经过几个月的旅途奔波，7 月上旬，徐志摩终于来到了英国，见到了狄更生、恩厚之等老友，旧友相见，格外想念，重续旧话，互道安好。一切对于徐志摩来说，如同梦境一般。

值得一提的是，趁着此次欧洲之行，徐志摩竟然得到了可以见到哈代的机会。

1925 年 7 月，在狄更生先生的引荐下，徐志摩终于见到了曾经留学时候便想要一睹风采却慕而未见的大文学家哈代先生。

徐志摩从来不避讳对“英雄”的崇拜行为，高山仰止景行行止。当他有能力仰视高山的伟岸，他便不舍得放弃任何一个“登高”的机会。对于徐志摩来说，这次的欧洲之行，是瞻仰风采、以文会友的“感情作用的旅行”，冥冥之中似有种暗示，徐志摩的这番旅行定将收获累累精神果实。

我们读过他著作的，更可以想象这位圣人，在卫撒克广大起伏的草原上，在月光下，或在晨曦里深思地徘徊着。天上的云点，草里的虫吟，远处隐约的人声都在他灵敏的神经里印下不灭的痕迹；或在残败的古堡里拂拭乱石上的苔青与网结；或在古罗马的旧道上，冥想数千年前铜盔铁甲的骑兵曾经在这日光下驻踪；或在黄昏的苍茫里，独倚在枯老的大树下，听前面乡村里的青年男女，在笛声琴韵里，歌舞他们节会的欢欣；或在济茨或雪莱或史文庞的遗迹，悄悄地追怀他们艺术的神奇……

徐志摩在他《谒见哈代的一个下午》一文中将拜谒哈代的情景细细讲来。

一个温暖的伦敦下午，花红林绿，一切都洋溢着鲜艳的色彩，正如此时徐志摩的心情。

穿梭在哈代所在的道骞斯德小城，哈代先生所住之处远远可见，一种难以抑制的兴奋和激动涌上心头，徐志摩急切地盼望着这一时刻的到来。

转弯抹角，一座满墙爬满紫藤萝的自建旧宅在平旷的青碧平壤中显得越发有韵味。

众所周知，当时年逾 83 岁的哈代老先生早已闭门谢客，在乡下过着清闲自在的日子，房前的庭院里一位园丁正在修剪花枝，阳光洒在碧绿的草地上，徐志摩愉快地踏步向前，敲门示意。

过了好一会儿，门里才传来一阵狗吠声，接着一阵窸窸窣窣的走路声，伴着拖鞋与地板摩擦的声音，门吱呀作响，接着一个白纱罩头的年轻女子面色淡然，款步而出。

徐志摩彬彬有礼，向开门的女子递上一封信，希望借以请求见上哈代先生一面。

静候不久，再一次响起门开的声音，此时女子的脸上完全换了一副面容，笑颜绽开。听到哈代先生盛情邀请自己的消息后，徐志摩的喜悦之情溢于言表。原来哈代先生早就听说远在东方，有一位才情出众的年轻诗人，一直想要一睹其真容。

穿过了几个房间，但见最尽头的屋子里背坐着一位白发秃顶的老者，老人斜坐在书桌前的椅子上，闭目养神，眼睛垮垮地挂在脸上，仿佛似睡非睡，很难看出老人的表情和神态。皱纹堆累，积淀着岁月的沧桑。

正当徐志摩拘谨地立在门口，想着要如何开口表达自己对于这位大学问家的一腔崇拜热血时，哈代先生先打破了平静。文人相见，惺惺相惜，两人虽然是第一次碰面，然而交谈起来毫无隔阂，竟像多年未见的老友一般。

互谈诗文，共聊人生，折花留念，徐志摩与哈代的交往十分畅快。值得一提的是，在整次做客过程中，哈代甚至没能给徐志摩招待一碗清茶，但一想到在这次短短的碰面中所收获的精神财富，徐志摩就感到莫大的心满意足！

谒见哈代的这个下午，似乎过得格外快，充满了非同一般的奇妙感觉，与哈代之间的这次交流，让徐志摩在瞻仰大家的风采中汲取着新鲜的学问“蜜汁”。

曾经为了追随大哲学家罗素，徐志摩毅然放弃哥伦比亚的学业，追随心中仰慕的学术偶像，促成志摩与罗素之间亦师亦友的深厚情谊。

这次重返欧洲，本是为泰戈尔的邀请而来，却一路走来收获了更多与大家名士们接触的机会。

1925 年盛夏 7 月，时隔四年之后，第二次来到欧洲的徐志摩再次见到了罗素。

原本二人已经约好，在车站相见。徐志摩到站后，等了许久都未见罗素的踪影；正在着急地东张西望，忽然听到扯着人嗓门的隆隆发动机声由远而近，一辆破旧的老式汽车戛然停在徐志摩的眼前。

徐志摩吓了一跳，只听车门一响，从车里走出一位衣衫不整、不修边幅的乡下人，开花草帽随意地罩在了头上，身上破烂不堪的旧衫被风吹得鼓鼓的，像是稻草一般飞扬。若是他不开口，徐志摩绝不会认出这就是大名鼎鼎的哲学巨匠罗素。

罗素的新家坐落在英伦最南端康华尔的一个小村落里。几年前为了摒除杂念，静心写书，为一双儿女营造一种良好的生活环境，罗素夫妇毅然决定把家从繁华喧闹的都市，搬到了这淳朴祥和的农村；物质生活虽然有些匮乏，然而得以有机会与大自然亲密接触，快乐充实的精神生活让一家人十分满足。

在罗素家的短短几日里，看着孩子们的嬉笑玩闹、罗素夫妇你侬我侬的幸福图景，徐志摩感受到了久违了的家庭的温馨。此时的徐志摩似乎也被这种真诚的家的气氛而感染，一种幸福的喜悦涌上心头。

此次与罗素的接触，徐志摩似乎暂时忘却了一个文人墨客的身份，而真真正正地是以一个闲居好友的身份，体悟这乡间的乐趣。

1928 年，徐志摩第三次奔赴欧洲，最后一次见到罗素，两人彻夜长谈，一直到深夜；夜色将两人笼罩其中，万籁俱寂，仿佛这深夜之中，两颗明星相会的瞬间，一切都变得黯淡无光了。

中国古有伯牙钟子期共谱高山流水之觞，而如今，徐志摩与众多外国名人的友谊，也值得称道了。

第六章 执子之手

霹雳震不翻你我爱墙内的自由

第一节 这是一个懦怯的世界

曾经因为一首《再别康桥》，林徽因与徐志摩的动人爱情故事伴着诗歌流传千古。

与林徽因的爱情故事在时光中渐行渐远渐黄昏，曾经的激情与疯狂沉淀下来，而林徽因也最终选择了他人的怀抱，这份情谊怎能熬得过现实的摧残。在伤感失望过后，徐志摩也释怀了，或许，对于二人来说，注定有缘无分，注定只能做最熟悉的陌生人。

曾经徐志摩以为幸福将永远不会眷顾自己了，不承想，与一位女子的邂逅，让徐志摩重新拾起了对于爱情和幸福的信心，让他相信“幸福还不是不可能的”，这位女子正是陆小曼。

说起与陆小曼的缘分，可要追溯到泰戈尔的东方之行。在香港与泰戈尔先生的分别，让徐志摩心情低

落，一直闷闷不乐。寄身于自然美景，期冀在自然中排遣忧愁，徐志摩便来到了庐山暂作修养调整。8月间，徐志摩回到了北京，担任北京大学教授一职，继续主持新月派的事务，正是在这年冬天，因一位女子的悄然闯入，徐志摩的人生之中突生了几抹亮色。

徐志摩曾经在有名的文章《爱眉小札》中将两人唯美动人的爱意细细道来，这位美丽的女子是有名的沪上名媛，本名正是单取一个“眉”字。江南水乡的温婉女子，自小受到东方传统文化的熏陶，成人后又奔赴北京法国圣心学堂感受自由开放的西洋文化。

陆小曼幼时便天资聪慧，12岁时，英文信札、论文，已能意到笔随；她嗜好读书，常常手不释卷，在书海中畅游；一口流利的英语和法语更给陆小曼平添了几分魅力。

陆家有女初长成。时光荏苒，经过岁月的历练，陆小曼渐渐褪去了青涩和懵懂，越发长成一位面目清秀端庄、身材婀娜娉婷的青春少女，良好的教育使她散发着知性美，而能歌善舞的婀娜体态又让人感到一种成熟女人的魅力。陆小曼纵情于舞池之中，宛如轻盈仙鹤，仪态万方，无与伦比。

干娘是我这半生中见过的女人中最美的一个。……人不够高，身材瘦弱，……但她却别具一种林下风致，淡雅灵秀，若以花草拟之，便是空谷幽兰，正是一位绝世诗人心目中的绝世佳人。她是一张瓜子脸，秀秀气气的五官中，以一双眼睛最美，并不大，但是笑起来弯弯的，……一口清脆的北平话略带一点南方话的温柔。她从不刻意修饰，更不搔首弄姿。平日家居衣饰固然淡雅，便是出门也是十分随便。她的头发……只是短短的直直的，像女学生一样，随意梳在耳后。……衣服总是素色为多，一双平底便鞋，一件毛背心，这便是名著一时，多少人倾倒的陆小曼。她一举一动，一颦一笑，都别具风韵。

何灵琰在《我的义父母：徐志摩和陆小曼》中的赞美之词并无夸张，陆小曼的倩影不知让多少男子心如波澜，自陆小曼出现始，众人的眼睛便不舍得从这女子的身上离开，男宾为之倾倒，女宾为之着迷，上门求婚的人摩肩接踵，络绎不绝。然而追求者甚多，却最终没有谁能揽获美人的芳心。

落花无情流水有意，命运的手中始终牵引着一条隐形的红线羁绊着才子佳人的心。偶然的邂逅，青年军官王赓与江沪名媛陆小曼在舞池中的偶然一瞥，仿佛磨灭了无数春秋。这位毕业于清华大学、后留学美国以优异成绩考入美国著名的西点军校的青年才俊，回国后成为中国政坛上举足轻重的人物。凭借着出色的外貌与才干，他很快俘获了陆小曼的芳心；陆家父母更是看中了王赓的大好仕途，念想能够让女儿过得幸福快乐。

陆小曼与王赓相识后不久，在父母的催促下就匆匆结婚。

两人婚后经历了一段幸福而平静的时光，只不过与其说两人是因为爱情而结婚，倒不如说两人是因为好感而结合。几面之缘，匆匆便许下了一生的重诺，这婚姻于二人而言也真的算是“围城”了！随着相处与磨合，两人之间的性格和生活差异便渐渐凸显出来。

文武全才的王赓虽然在学问上很优秀，但在感情交往上却是个不折不扣的外行。他沉浸在自己的工作事业中，将如此美丽的太太置于孤寂的境地，这对于天性便热爱交际、喜欢热闹的陆小曼来说是何等的煎熬！

“婚后一年多才稍懂人事”的陆小曼感觉到两人之间更像是长幼之间的关爱而非男女疯狂的爱情，这样平淡无味的生活让陆小曼陷入空洞无聊的境地，两人之间的感情裂缝越来越大。

随着王赓在事业上越发春风得意，他在情场上的挫败也越来越严重。不久王赓被任命为哈尔滨警察局局长，举家将要搬往东北，哈尔滨的社交活动自然没有繁华的北京、上海丰富，陆小曼以居住不惯为由重回北平，回到父母的身边。夫妻之间的距离越来越远，婚姻城池的一角正在悄然崩塌。

正是在陆小曼为了家庭婚姻郁闷之际，徐志摩的到来恍若在黑暗的夜空中突现一盏明灯，照亮了陆小曼的心扉。

在家庭之中找不到温暖和理解，陆小曼改变了常态，掩藏起自己的思想，投身于繁华忙碌的社交生活之后，灯红酒绿的世界似乎让陆小曼忘记了现实生活的苦闷，磨平了她的忧伤。在舞池之中，在宴会之上，陆小曼才能重新找回昔日的风采，才能重新感受到如女王般受万众追捧的感觉，此刻的她又回到了世界的中心。

此时徐志摩的事业正办得有声有色，身为新月派事务的主持者，亦经常游走于各种社交场合中，轻歌曼舞、斟杯浅酌，都是常有的事。两个社交圈里的风云人物自然常常碰面，彼此之间并不陌生。

其实，两人之间的缘分绝不止于此。徐志摩与王赓原本便是旧相识，以前两人常在一同玩乐；而陆小曼与王赓竟也是新月社的成员之一，与徐志摩来往自然频繁。后来随着王赓的工作越来越忙，而陆小曼常常抱怨他没有时间来陪伴自己，于是王赓便想到了正好可以将自己的妻子托付给旧友，徐志摩常常陪伴陆小曼四处玩赏，两人之间单独接触的机会越来越多，他们之间的关系在游山玩水中发生着微妙的变化。

徐志摩有着天生的诗人特质，他善于把握感情，更善于经营爱情。陆小曼与徐志摩接触一久，就发现两人之间的默契非言语能道也。一个眼神一个动作便可知晓对方的心意，共同的兴趣，共同的价值观，让彼此的心灵贴得更近。从陆小曼身上，徐志摩看到了一个全然不同于传统女子的追求开放自由与美的时代新女性形象；而从徐志摩的身上，陆小曼重新感受到热烈的同情和安慰。每每看见徐志摩，陆小曼的心就像是小鹿乱撞似的，这种感觉是她从未体会过的。

在交往之初，两人便早已知晓他们之间横亘着道德、家庭、伦理的深渊，可是爱情的熊熊热火越燃越烈，无法把控，竟把这些传统的礼义教化也焚灭了。

他们义无反顾地陷入了甜蜜的爱情！

可是甜蜜过后必然要遭受巨大的压力，当两人恋爱的消息传来，一石惊起千层浪，整个文艺界为之哗然。各方社会舆论的力量犹如一根根利箭齐刷刷地朝着“有夫之妇”陆小曼射来。被历史的浪潮推到了风口浪尖的徐志摩与陆小曼此时处于痛苦的挣扎中。

曾经与自己关系密切的挚友竟也跳出来反对，徐志摩感到无比的悲愤。刚刚被爱恋的烈火灼烧过，又忽地被推向冰冷的漩涡，他已经顾不得去静下心来慎重地反思一下这件事情了。他刚愎自用地认为周遭一切好友的规劝和恶意的讥讽不过是保守人士执拗于封建礼教故意阻挠自己美好爱情的拙计罢了。

这是一个懦怯的世界，容不得两人之间的爱情，阻挡徐志摩追求爱、美与自由爱情的正是封建残留的传统礼义教化。风雨飘摇，反对的声音越是强烈，两人越是要在一起。他感到一股不可言说的悲愤和怨恨袭上心头，借着诗句的威力肆意发泄，于是便有了《这是一个懦怯的世界》：

这是一个懦怯的世界：

容不得恋爱，容不得恋爱！

披散你的满头发，

赤露你的一双脚；

跟着我来，我的恋爱，

抛弃这个世界，

殉我们的恋爱！

……

跟着我来，

我的恋爱！

人间已经掉落在我们的后背——

看呵，这不是白茫茫的大海？

白茫茫的大海，

白茫茫的大海，

无边的自由，我与你与恋爱！

顺着我的指头看，

那天边一小星的蓝——

那是一座岛，岛上有青草，

鲜花，美丽的走兽与飞鸟；

快上这轻快的小艇，

去到那理想的天庭——

恋爱，欢欣，自由——

辞别了人间，永远！

此时的徐志摩俨然将自己幻化为一个孤独勇敢的将士，一意孤行地踽踽前行，朝着他认为对的方向奔去。一方面，徐志摩严厉地鞭策了这些负面的声音，与反对的力量顽强战斗；另一方面，他不忘时常鼓励自己的同伴，鼓励陆小曼为了爱情勇往直前，切莫退缩。

我腔子里一天还有热血，你就一天有我的同情与帮助；我大胆地承受你的爱，珍重你的爱，永葆你的爱，我如其凭爱的恩惠还能从我性灵里放射出一丝一缕的光亮，这光亮全是你的，你尽量用吧！假如你能在我的人格思想里发现有些许的滋养与温暖，这也全是你的，你尽量使吧！最初我听见人家诬蔑你的时候，我就热烈地对他们宣言，我说你们听着，先前我不认识她，我没有权利替她说话，现在我认识了她，我绝对地替她辩护，我敢说如其女人的心曾经有过纯洁的，她的就是一个。……一切有我在，一切有爱在。同时你努力的方向得自己认清，再不容丝毫的含糊，让步牺牲是有的，但什么事都有个限度，有个止境；你这样一朵稀有的奇葩，决不是为一对不明白的父母，一个不了解的丈夫牺牲来的。你对上帝负有责任，你对自己负有责任，尤其你对于你新发现的爱负有责任，你已往的牺牲已经足够，你再不能轻易糟蹋一分半分的黄金光阴。

徐志摩的这一次爱情抉择，从最初便注定了，终将不见容于社会。不过在排山倒海的反对声中仍然夹杂着寥寥星星的赞美之音：

忠厚柔艳如小曼，热烈诚挚如志摩，遇合在一道，自然要发放火花，烧成一片了，哪里还顾得到纲常伦教？更哪里还顾到宗法家风？

当这事在北京的交际社会里成话柄的时候，我就佩服志摩的纯真与小曼的勇敢到了无以复加。记得有一次在来今雨轩吃饭的席上，曾有人问起我对这事的意见，我就学了《三剑客》影片里的一句话回答他："假使我马上要死的话，在我死的前头，我就只想作一篇伟大的史诗，来颂美志摩和小曼。"

郁达夫的这番支持之语是铿锵有力的，正与当时的主流声音逆向而行，可谓是独出新意。然而这样的话语毕竟是少数，在滚滚洪流之中，很快被湮没无影了。

徐志摩的这次爱情，可谓是把他自己彻底孤立起来了，无论亲朋无论好友，更不用说社会上的大部分陌生人，此时都对他针锋相对了。这样紧迫的形势压得人喘不过气来。

正是在这剑拔弩张的时刻，一个偶然的机会，泰戈尔先生的秘书恩厚之的来信悄然而至。这封从英国来的信笺寄托着泰戈尔先生的思念和问候，也承担着泰戈尔先生的会面之邀。

按照往昔来说，徐志摩必定二话不说，立马动身，前往老先生指定的地点。不过这次情况十分特殊，自己与陆小曼的爱情正在接受着社会的考验，自己的贸然离开就意味着把一切的负担都扔给了柔弱的陆小曼。

徐志摩犹豫不决，举棋不定。

幸而身旁好友相伴，胡适语重心长地开导他；而陆小曼思忖再三，

觉得两人的爱情也确实需要更多的时间和考验。“为了家庭和社会都不谅解我和志摩的爱，经过几度的商酌，便决定让志摩离开我到欧洲去做一个短时间的旅行。”

既然事情或许不会因为自己而产生什么质变的转机，那么倒不如暂时离开，降低事件的热度，也让自己稍稍地喘口气。认识到这些，经过友人的劝告开导和陆小曼的支持，徐志摩踌躇良久，便决定踏上了西游欧洲之路。

临别前的送别之宴，苦痛伴着酒水下肚，化作了千层涟漪波澜。望着彼此饱受即将分离的煎熬，两人内心五味杂陈，不知未来等待他们的是什么。

徐志摩轻轻地一遍遍地叮嘱着陆小曼，告别不健康的生活方式，告别曾经那过度沉迷的灯红酒绿的世界。他希望她拿出十二分的勇气和志气，耐得住半年时光，以崭新的面貌等待自己的归来。腔子里有热血，灵魂里有真爱，徐志摩怀着万分不舍的心情离开，这一切的动力和希望全都寄寓在陆小曼身上了！

临出发去欧洲前，徐志摩特意来到好友凌淑华女士家，请她代为保管一只精巧的小皮箱。皮箱中保存着珍贵的史料——两本英文日记和有关林徽因、陆小曼的信件。这些对徐志摩来说万分重要的生命记录能够留予好友凌淑华保管，也足见徐志摩对凌淑华的信任了。若是自己此番一去不复返，就请凌淑华用这些资料代自己写一本传记。一句戏言，不承想几年后竟变成了现实，这只小皮箱还真的引发出了一个至今也说不清道不明的“八宝箱”之谜。

临行前夜，星月格外黯淡无光，整个天空都灰蒙蒙的。徐志摩辗转反侧，回想着几日来人生中波涛与风雨，几乎一夜未眠。

第二天天色阴郁，前往欧洲的列车即将起程，送别的人流缓缓地拥着火车前进，众人垂立着，默然无语，全都是悲戚的神色。沉默，沉默是最好的离别之曲，深爱的恋人就此作别，即将分手，咫尺天涯。

徐志摩的神情黯然了。他轻轻地挥了挥衣袖，再见了旧城！再见了爱人，再见了那些回不去的旧时光！

这次欧洲之行被徐志摩戏称为“自愿的充军”，舟车劳顿的艰苦旅程让徐志摩越发感到凄清孤独。郁结的愁绪无处排解，只能将迢迢相思与绵绵的苦痛化作潺潺流淌的文字，通过日记、书信与陆小曼互款深情，互相倾诉，空间的距离无法阻挡两人火热的心，穿越万水千山，更紧地维系了遥遥相隔的一对恋人的情感。这些被爱情滋润了的文字不断积聚，日后编入《爱眉小札》中，成了中国文学史上难得的真情之笔。

第二节 恋爱是生命的中心和精华

1925 年 3 月 10 日，徐志摩告别了祖国，告别了恋人，开始了他的欧洲感情之旅。

辗转各地，徐志摩在欧洲的漫游重新拾起往昔的回忆。从张幼仪到林徽因再到如今的陆小曼，每一次的爱情都如火焰般热烈和决绝。曾经，他为了真爱不顾世俗的眼光，毅然舍弃了身怀六甲的妻子；纵有家事，依然无法阻挡徐志摩对于林徽因的疯狂爱恋；到如今，对于徐志摩来说，陆小曼“有夫之妇”的身份自然不是爱情隔阂。在伟大的爱情面前，所有的一切都必须让步。

恋爱是生命的中心和精华；恋爱的成功是生命的成功，恋爱的失败，是生命的失败，这是不容释义的。在徐志摩的心中，爱情竟然上升到了可与生命比肩的地步。他白天所向往的，晚间所祈祷的，梦中所缠绵的，平旦所神往的——只是爱的成功，那就是生命的成功。

徐志摩挣扎在规则与自由之间，他想要用无穷的勇气树立起生命中至高无上的光荣点。而此刻，支撑徐志摩抵御生命中狂风暴雨的力量正是来自于远在东方的陆小曼的爱。

织女与牛郎，清浅一水隔，相对两无言，盈盈复脉脉。

是真爱不能没有力量，是真爱不能没有悲剧的倾向。

《爱眉小札》仍在不断地记叙着美丽的苦恋，相思如同漫无边际的滔滔江水，侵蚀着志摩的心灵。

此番欧洲之行，徐志摩做了顺便去探望前妻和幼子彼得的打算。上次分手之时彼得尚是襁褓中嗷嗷待哺的婴儿，几年时光流逝，想必他早已长成为活泼可爱的孩童，亦不知此时还是否记得自己。满怀着期待，他盼望着与爱子相见。

时不我待，正当徐志摩沉浸在将与幼子见面的喜悦之中，一封来自张幼仪的电报将徐志摩的幻想无情地粉碎了。徐志摩呆住了，从来未想过还有这等突如其来的变化。

电报上的字早已被泪水模糊，志摩只记得一个大大的“殁”字，像是鬼怪一般张牙舞爪地朝着自己扑来。

一周以后，徐志摩匆匆忙忙地赶到柏林看望张幼仪。曾经活蹦乱跳的幼子已经化为了一撮冷冷的灰烬，不过几日，急性腹膜炎的重症无情地夺走了彼得的生命，让他永远地离开了人间，离开了挚爱的母亲和不曾认识的父亲。白发人送黑发人，已然天人永隔，痛苦、自责、忏悔，种种的情感一起压向徐志摩，想起自己都未能在爱子有生之年好好地疼爱他一番，徐志摩感到心犹如被尖锐的东西刺痛一番，疼痛氤染着血迹，弥漫开来：

彼得，我可爱的小彼得，我的话你能听见吗？彼得我的爱，我是你的父亲，在我最后见你的时候你才不满四月。这次我再来欧洲你已经早一个星期走了，永远地走了，我只见着你的遗像，那太可爱了，和你一撮的遗灰，那太可惨了……

心绪惘然，为了缓解丧子之痛，张幼仪与徐志摩结伴相行，在旅行中暂时抛却尘世烦恼。徐志摩不再是曾经的徐志摩，在世事的历练中张幼仪也成长为有志气有胆量的新女子，曾经的夫妻走过风风雨雨到了今日，倒像是老友相见，互谈旧况。

在柏林小住几日，徐志摩一面是安慰伤心欲绝的张幼仪，另一面，也在排遣着自己的忧愁。

从陆小曼与自己的爱情受挫，到后来传来爱子去世的消息，再然后是泰戈尔先生重病的消息……一个个的坏消息惹得徐志摩内心激荡，像是沉沉的巨石压了下来。

思念之心愈切，一摊凌乱的情感无处安放。

刹那间有千百件事在方寸间起伏，是忧，是虑，是瞻前，是顾后，这笔哪能写出？……眉，我悲极了，我胸口隐隐的生痛，我双眼盈盈的热泪，我就要你，我此时要你，我偏不能有你，喔，这难受——恋爱是痛苦的，是的眉，再也没有释义。眉，我恨不得立刻与你死去，因为只有死可以给我们向往的清静，互相的永远占有。眉，我来献全盘的爱给你，一团火热的真情，整个儿给你，我也盼望你也拿整个，完全的爱还我。

在苦涩的等待过程中，徐志摩每时每刻心心念念的都是陆小曼。

一直未能与泰戈尔相见，一时间又回不了国，徐志摩心急如焚。夜不能寐，食不能咽，精神的苦痛折射到身体上，他的健康又出了问题。比起自己一封紧接着一封热情洋溢的去信，陆小曼的复信十分稀松，此时的徐志摩感觉低到尘埃里去了。

只是徐志摩不知，身体虚弱的陆小曼也在遭受痛苦的折磨，迫于各方无形的压力，陆小曼久病未愈，被父母囿于家中加强监督管制。

事情变得越来越糟。虽然徐志摩与陆小曼已经将爱情昭告天下，但是陆小曼依然没有彻底地与王赓分手，她依然是他名义上的妻子。王赓的工作从北京转到了上海，伴随而至的一封敦促陆小曼的“爱的美敦书”，勒令让她的母亲即刻送她去上海，孤军奋战的陆小曼仿佛深陷十面埋伏之中，不得不屈服。

在复信中得知了陆小曼的近况，心如刀割般的疼痛撕扯着徐志摩，当徐志摩收到了陆小曼催促他回国的电报。恋人的召唤，如同春风的呢喃，一声归来的呼唤，让徐志摩头也不回地踏上了回京之路。

徐志摩曾经为爱而远行，如今又为爱而匆匆归来。这位一生都在不舍追求爱、美与自由的天之骄子，仿佛是为爱情而生，为爱情而活，爱情是他生命之中纯粹的灵魂。

第三节 手剥一层层的莲衣

当徐志摩火急火燎地回到北京之后，没能立马与陆小曼见面。陆小曼的生活被反对力量铸成的无形枷锁狠狠地禁锢在家庭之中，不容许她再有半分逾越礼法之举。人们希望通过家人的劝诫，能让她“迷途知返”。

不得见面，徐志摩心中万分焦急却无能为力。回京之后，北京的风景似乎都不再像原来那样可爱了，天总是灰蒙蒙的，他把自己囿于文字的世界里，用幻想编织着一个个或悲伤或幸福的梦。

后来为数不多的几次见面越发勾起了二人的情愫。八月的一天，林长民给他们创造了一次难得的见面，分别约二人同游瀛台宫湖。表面为游湖，实则是为了促成两人相见的机会。

久别重逢，徐志摩和陆小曼一相逢便泪眼婆娑，

默然无语，静静地回味着许久以来的悲辛与苦乐。这次的碰面似乎像是久旱干涸的土地突然得到了雨露的滋润，经过了这么多风风雨雨，一双有情人终于得到了些许的慰藉。

幸福还不是不可能的，这是我最近的发现。今天早上的时刻，过得甜极了。我只要你；有你我就忘却一切，我什么都不想，什么都不要了，因为我什么都有了。与你在一起没有第三人时，我最乐。坐着谈也好，走道也好，上街买东西也好。厂甸我何尝没有去过，但哪有今天那样的甜法；爱是甘草，这苦的世界有了它就好上口了。

甜蜜的时光如白驹过隙，转眼逝去。而陆小曼的父母在得知徐志摩从欧洲归来后，更加强了警觉，极力限制女儿的自由，想通过“父母之压”让陆小曼就范。对于生性不羁的陆小曼来说，这样的折磨不亚于人间地狱，两颗相爱的心被硬生生地拉开，近在咫尺却远在天涯。

此时的徐志摩陷入了困惑，每天只能静静地坐在电话旁边，期待着铃声想起的刹那间，话筒另一端传来熟悉温柔的声音。他每天都被烦躁与不安折磨着，每一次希望之后就意味着更大的失望，爱有多深，痛苦就有多深。无边无际的忧愁割破了徐志摩的心，血一滴滴地洒在雪地上，这种强烈的对比让人耳目刺痛。

恋爱是甜蜜的，可是这甜蜜背后总是伴随着隐隐的苦涩；感情之火是炙热的，可是这火的炙烤带来了光亮，也带来了焚身俱灭的危险。

徐志摩鼓励着陆小曼，鼓励她摆脱家庭的束缚，鼓起勇气，以自由和爱情的名义，义无反顾地从家里走出来。

救人就是自救，自救就是救人。我最恨的是苟且，因循，懦怯，在这上面无论什么事就是找不到基础的。有志事竟成，没有错儿。奋勇上前吧。眉，你不用怕，有我整个儿在你旁边站着，谁要动你分毫，有我拼着性命保护你，你还怕什么？

这番热情洋溢的鼓舞，是她与他之间守护爱情的箴言。任何的阻挠都无法分开两人，两人的爱与恨只能依靠自己来决定。

徐志摩从来不是止步于巧言令色者，他不仅在日记上为彼此鼓气，更身体力行，做出应有的尝试和努力。徐志摩深知，旁人的说法倒可不顾，可是万不能忽视陆小曼父母的意见。为了争得陆小曼父母的同意，他特地备足好礼，前往拜访小曼的母亲。然而事与愿违，结果不欢而散。

面对陆母的态度，徐志摩很无奈，他也将这样的心情，写了下来：

眉，娘真是何苦来。她是聪明，就该聪明到底；她既然看出我们俩都是痴情人容易钟情，她就该得想法大处落墨，比如说禁止你与我往来，不许你我见面，也是一个办法；否则就该承认我们的情分，给我们一条活路才是道理。

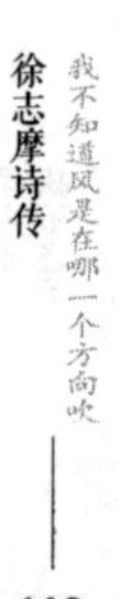

活路可有，情分难给。毕竟像他们这般站在时代风口浪尖的先进思想和非常举动，想要做新风潮的掌舵者，就必然要遭受更多的风雨洗礼。

这一次的挫败并没有让徐志摩气馁，他开始寻求外援的帮助。胡适先生是当时颇具影响力的大文学家，又与自己是至交，徐志摩便恳请胡适先生帮忙做说客，希望能够出面调和，打破自己与陆母之间紧张的僵局。然而陆小曼的母亲态度十分坚决，对于胡适先生的解释，依然严词拒绝，以致胡适先生也悻悻地无功而返。这最后的撒手锏也没能挽回局面，徐志摩顿时感到无望了。

两情相悦，本是喜事，奈何这礼法伦理的筹码，让他们的情感之路走得步履维艰！欲见不得，欲爱不能，徐志摩的内心像是被千万条虫啃噬一般，有着难以言说得尽的悲痛和无奈，甚至，他竟然产生了想要与陆小曼抛却这红尘烦恼，一走了之的想法：但恋爱本是光明事，这样偷偷摸摸，多不痛快！

徐志摩看见与陆小曼一事似乎暂无转机，便于九月四日，前往了上海，看望在上海张园居住的父母亲。

此番归沪，重新踏上故土，别有一番滋味在心头。在从北京到上海的火车上，秋高气爽，窗外的风景依旧，到处都洋溢着秋天特有的丰饶和灿烂。金秋本该是收获的季节，然而徐志摩与陆小曼的爱情却仍在冰雪的封冻中，面临着重重考验，一想到陆母严厉的眼神，一想到那些伤人的恶语，徐志摩不禁慨然，奋笔疾书，《我来扬子江边买一把莲蓬》一诗落成：

我来扬子江边买一把莲蓬；
手剥一层层的莲衣，
看江鸥在眼前飞，
忍含着一眼悲泪——
我想着你，我想着你，啊小龙！
我尝一尝莲瓣，回味曾经的温存——
那阶前不卷的重帘，
掩护着销魂的欢恋，
我又听着你的盟言：
“永远是你的，我的身体，我的灵魂。”
我尝一尝莲心，我的心比莲心苦，
我长夜里怔忡，
挣不开的恶梦；
谁知我的苦痛！
你害了我，爱，这是叫我如何过？
但我不能说你负，更不能猜你变；
我心头只是一片柔，
你是我的！我依旧！
将你紧紧地抱搂；

除非是天翻，但我不能想象那一天！

对恋人的思念和对反对力量的愤恨交织在一起，挣不开噩梦的魔爪，解不开苦痛的缠绕，也只有等待，等待着风雨之后的彩虹，等待着噩梦之后的幡然醒悟。

悲欣交集。曾经就算不得相见，尚且在同一座城市里，呼吸着同样的空气，彼此之间就算偶然的邂逅也会让人激动不已；而如今，一南一北，空间的距离又开始牵涉出新一轮的思念。

就在新的苦闷又在积郁之际，一封不期而至的电报让徐志摩愁颜暂展，寥寥几字，却不谓之他们的胜利：“一切如意——珍重——眉。”多日以来，他一直隆起的眉峰终于得以舒展。第二日，陆小曼的书信也如约而至，难得一见的复信自然让徐志摩心意盎然，喜不自禁。

天边的乌云开始一点点地拨开，金色阳光顺着缝隙给乌云镶上了金边，事情似乎在一点点地好转。

当时陆小曼名义上的丈夫王赓时任大军阀孙传芳的五省联军参谋长，也在费尽周折挽留着两人摇摇欲坠的婚姻。公事繁忙，王赓即将调往上海公干，由于不放心将妻子独自留在北京，便极其急迫地催促陆小曼来上海团聚。

此时的陆小曼本不愿再与王赓牵扯太多，但念及自己的心上人徐志摩也在上海，此番移沪说不定是与徐志摩相聚的良机。

随着火车的轰鸣声由远及近，徐志摩已然在南京站静候多时。火车门开，当陆母带着小曼缓缓地走下来，忽然看见了等候在此的徐志摩，立刻变了脸色。没承想徐志摩竟然这般紧追不舍，一直未与女儿断续前缘，陆母又急又气，转身拉着小曼就要离开。徐志摩原本满心期待地前来接站，刚要上前，竟然遭到这样的冷眼相对，犹如一盆冷水灌顶而下，心中一团烈火被浇熄。

明明已经相见，未说一语，却活生生地眼见着徐陆小曼在自己面前被拉走，相逢又是分离！不知哪儿来的勇气，当天晚上，徐志摩竟然跑到王赓在上海的寓所名曰拜访实则与陆小曼相见。王赓倒也大度，竟然真的腾出空间，让徐志摩和陆小曼闲聊五分钟。多日不见，许多话积压在心头想要倾诉。但哪怕是五分钟，对于这对苦命鸳鸯来说，也是奢侈的！

现在徐志摩将希望完全放在请来的救兵刘海粟身上了。身为徐志摩的挚友，刘海粟与陆家关系不薄。曾经因为徐志摩，陆小曼拜刘海粟为师学画，后加上陆母与刘海粟同是常州老乡，乡谊之外还有些许的瓜葛之亲，分外亲近。一直抱着反对封建礼教之念，刘海粟也曾有过不惜违抗家庭从封建婚姻中逃脱的壮举。对于陆小曼与徐志摩，一面是爱徒，一面是挚友，借着这种特别的缘分，他便向陆母提起陆小曼与徐志摩的情事。

在当时新时代的风气虽然刚刚开化，但是社会上真正选择自由离婚的夫妇并不多见，嫁夫随夫的封建思想仍然根深蒂固。陆母沉吟良久，与刘海粟倾心谈道："海粟，你我都是常州有名望的世家，女儿结过婚又离婚，离婚再结婚，说起来有失体面家声，成什么话呢？”其实陆母并非真的对徐志摩有何成见，只是人言可畏，她不想女儿受到伤害。刘海粟深知无爱婚姻的苦痛，将心里话全盘托出，陆母听后为之动容。

刘海粟来到上海后的第三日，再次抓住时机与王赓碰面，在功德林宴请王赓。酒意微醺，气氛微妙，杯盏更迭间刘海粟说明了来意。妻子弃己而去，世人的嘲笑和鄙夷，几日来的委屈和苦闷，王赓一直无处诉说，如今与刘海粟把盏言谈，终于有机会将许久以来积压在心头的痛苦一并倾吐。刘海粟对于男女爱情与婚姻关系的慷慨之词还在耳边回荡，眼泪伴着苦酒下肚，说不尽的辛酸泪。

或许是刘海粟的一番劝说果真起到了作用，或许是王赓真的想开了，早已厌倦了这种名存实亡的夫妻关系，或许是出于三角恋情的夹缝中遭受到了太多太多的痛苦，在这次宴席上，王赓竟同意与陆小曼离婚。

经过了无数的风雨和磨难，徐志摩终于得到了自己想要的结果。有情人终于可以成为眷属，相爱相伴。这突如其来的喜悦，甚至让人有些不知所措，苦尽甘来，似乎那彩虹就要挂上雨后的天边。

既然连王赓都赞同了离婚之事，陆母便不再那样强烈的反对，待到后续的离婚手续办妥之后，恢复自由之身的陆小曼像一只重新回到天空的小鸟，迫不及待地奔赴北京去寻找自己的情郎。

两颗历经磨难饱经沧桑的心，终于跨越千山万水，紧紧地结合在一起。这来之不易的幸福让两人倍加珍惜。

1925年10月，离婚后立即赶到北京的陆小曼看到徐志摩在《晨报》副刊上的诗文，才找到徐志摩。

泪眼婆娑，总有千言万语在嘴边，却也无从诉说。相见的一瞬，徐志摩与陆小曼紧紧地拥抱在一起，仿佛为了弥补这么多日以来的痛苦，仿佛要把所有的爱融为一体。

1925年11月间，初冬的寒意正在一点点积聚，在北京中街的一处四合院里，却满满地洋溢着温馨和甜蜜。窗外的初雪轻盈地飞舞，像是爱情的精灵降落在这天地，薄薄的雪层堆积，像新娘的白纱，透着清纯和羞涩。陆小曼幸福地依偎在徐志摩的怀抱里，呢喃耳语。经历过这般磨砺和考验，再大的风雨，对两人来说也不足惜。他们沉浸在对未来的甜蜜畅想中，勾勒着以后的生活的美好蓝图。

不过，纵然此时陆小曼已经从原本的婚姻禁锢中解放出来，但是陆小曼与徐志摩取得婚姻结合的道路上依然困难重重。眼下对于两人来说，最为重要的便是顺顺利利地结婚，这对两人来说，才算是获得了真正爱情的保障。

陆小曼的父母已经不再秉持特别激烈的反对意见了，可是在徐志摩的父母这边，却遇到了阻碍。想到曾经离婚之事多亏刘海粟的帮忙，原本徐志摩想委托声望颇高的大文学家胡适从中周旋，说服父亲，没想到胡适的游说并不顺利，固执的父亲仍然未开金口。

经历过如此多的风风雨雨，终于走到了这般田地。胜利的旗帜已经遥遥可望，为了爱情，徐志摩自然不愿放弃任何一个可以成功的机会。

1925 年底，南下的火车载着想要回家劝父的徐志摩，画出了一条爱的弧线。

其实在胡适的那次劝说之后，父亲徐申如默默思索了很久。从上次因为林徽因之事，徐志摩与发妻张幼仪贸然离婚，到这次为了陆小曼又百般纠缠；在儿子的生命中，凡动情就爱得坦荡。如果自己生硬地阻止，能够真的如己所愿吗?

知子莫若父。爱子心切的徐父也不得已退了一步。如果要同意二人订婚，在形式上必须经过张幼仪这一关。并且，要胡适出面，担任介绍人。纵然父亲没有明说，但是很明显，与陆小曼结婚一事有了希望。

徐志摩非常高兴，恨不得立刻见到陆小曼，向她求婚。在 1 月 21 日，给陆小曼的去信中，难以掩饰的喜悦在文字里汩汩流淌：

眉，所以你我的好事，到今天才算磨出了头，我好不快活。今天与昨天心绪大大的不同了。我恨不得立刻回京向你求婚，你说多有趣。

我急想回京，但爸还想留住我，你赶快叫适之来电要我赶他动身前去津见面，那爸许放我早走。

得到这样令人振奋的消息，却不得以与爱人分享，徐志摩的心仿佛是浸在滚烫的开水里似的，于 1926 年 4 月偷偷地回了趟北京，与陆小曼共叙佳话，重游北海。

春日盈盈，阳光温柔地在指尖环绕，轻轻地抚摸着大地万物。北海的美景依旧，而赏景人的心情已与从前大相径庭。他们光明正大地牵着手走在大道上，鸟语花香做伴，欢声笑语相映，这最平凡的快乐是多么的来之不易！

然而真正的“革命”尚未成功，考虑到张幼仪随时可能回到上海，徐志摩尚且不能在北京久留。无奈之下，一对恋人暂时惜别。

1926 年的夏天风景正胜，张幼仪终于抵达了上海。受徐志摩的嘱托，张幼仪特意抽空前往拜望徐申如，并表明了自己的立场，声称她不反对徐志摩和陆小曼的婚事。

其实张幼仪能如此爽快地答应徐、陆二人的婚事，是徐申如没有想到的。本想以之为借口牵制住徐志摩与陆小曼的婚事，然而却未能成功。

过了第一关，徐申如仍然不肯爽快地答应之前的约定。面对自己的父亲，徐志摩自然无法采用激烈的手段。7 月 9 日，他特意在硖石的西山上与之亲切谈心，虽然未发一言，却能看到父亲眼里的柔软的疼爱。

与父亲之间的谈判拉锯，让徐志摩心生惘然，或许对于父亲来说，接受两人婚姻的最好方式便是时间。后来经过胡适、刘海粟等好友的劝慰调解，徐申如终于改变了自己的想法，最后勉强答应儿子与陆小曼的婚事，但另一方面，也特意提出了三大附加条件：

一、结婚费用自理，家庭概不负担；

二、婚礼必须由胡适做介绍人，梁启超证婚，否则不予承认；

三、结婚后必须南归，安分守己过日子。

为了与心爱的人在一起，曾经经历过多少风雨挫折，区区三个条件，又怎能成为阻碍？只要与陆小曼结婚，这三个条件，徐志摩自然全都答应。

再回首两人走过的坎坷情路，从相遇到相知再到相爱，从最初的全盘反对，到如今征得各方同意，与陆小曼携手一起步入婚姻的殿堂，实属不易，个中滋味，也唯有他自己清楚。婚事得到父亲同意后，徐志摩便怀揣欣喜，开始着手布置自己与陆小曼在硖石的婚房，并取陆小曼本名，取名为“眉轩”。

忙忙碌碌准备着结婚的各种事宜，徐志摩感到从未有过的充实和满足，守得云开见月明，所有的乌云终将散去，灿烂的阳光即将攀上梢头。

在故乡待了一段时间后，徐志摩终于在父亲的同意之下回到了北京与陆小曼相见。1926年8月14日，那一天正是农历的七月初七，传说中牛郎与织女相会在天边喜鹊搭桥、银河相会的日子。北海公园里繁花似锦、热闹非凡；蓝天与碧湖相映成趣，笑脸与美景俯拾皆是。良辰美景即是今日，美丽的北海公园见证了陆小曼与徐志摩的订婚仪式。

几个月后（1926年10月3日），徐志摩与陆小曼在北海公园举行了婚礼。十月的风光正好，宾客正欢，新郎新娘缓缓地走过红毯，相视莞尔，已是流年。这场来之不易的婚礼凝聚了太多的辛酸和泪水，让许久以来经历的凤凰涅槃般的苦痛终于有了意义。

时光定格，在那张泛黄的旧照片里，新娘与新郎紧紧地依偎在一起，他俊朗白皙，她笑靥如花，幸福爬满了他们的脸庞。那一年，徐志摩 31 岁，陆小曼 24 岁。这场举世瞩目的婚礼一时引起诸多关注，各家报纸争相报道。众所周知胡适是这场婚礼的介绍人，而证婚人竟是颇负盛名的大学问家梁启超。

在徐志摩与陆小曼的婚礼上，亲朋好友们虽然都送来了美好的祝福，但美中不足的是，徐志摩的父亲仍然心存芥蒂，并没有来参加他们的婚礼。

同样心存不满的还有他们的证婚人梁启超先生。按照常理来说，所谓的证婚人，是见证新人美好姻缘并且送上美好祝福的福星。待到胡适邀请梁启超先生上台致辞之时，只见梁先生缓缓地走上了礼台，面色凝重，全然没有婚礼上该有的喜色。满堂宾客顿时肃然，隐约间似乎有了某种不祥的预感。

梁启超先生环顾了一下四周，最后将一双鹰爪般的利眼钩在徐志摩的身上，带着深深的恨铁不成钢语气正色道：

徐志摩，你这个人性情浮躁，所以在学问方面没有成就；你这个人用情不专，以致离婚再娶，以后务要痛改前非，重新做人！这全是由于用情不专，以后要痛自悔悟，……希望你们不要再一次成为过来人。我作为你徐志摩的先生——假如你还认我为先生的话——又作为今天这场婚礼的证婚人，我送你们一句话，祝你们这次是最后一次结婚！

此语一出，满座皆惊。

这样的婚礼证词自然让徐志摩感到十分难为情。

对于当初传得沸沸扬扬的徐志摩与陆小曼之间的爱情，梁启超早就十分不满。后来给徐志摩证婚，亦是不得已之举。在梁启超的心中，陆小曼被喻以“红颜祸水”“妖妇”，认为陆小曼离婚再嫁是“不道德之极”，“我看他（徐志摩）找得这样一个人做伴侣，怕他将来痛苦更无限，所以对于那个人（指路小曼），当头给了一棒，免得将来把志摩弄死。”

这般严重的言论在时人看来，是不可理喻的，当时全以为是一时气愤的妄言。怎料造化弄人，谁知梁启超的这番言论，最终真的在徐志摩身上得以应验。

结婚第二日，按照礼仪，徐志摩和陆小曼便到梁启超清华的寓所申谢。随后，徐志摩与陆小曼奉徐申如之命回到了浙江硖石。

风起云涌，最终尘埃落定，一代红尘情子的纷扰世事终于暂时落下了圆满落幕，经历了这场惊风恶雨的洗礼，徐志摩和陆小曼都得以重新审视自己，对于人生与爱情也有了新的体悟。

一路点燃希望，一路寻找答案

第一节 我爱一切忠实的思想

在艰难世事面前，与陆小曼的爱情饱受考验。爱情的失意让徐志摩心生抑郁，转而奔向事业的天地，开拓新的文艺的领土。

回到北京不久，曾经的好友陈博生与黄子美两位先生向徐志摩一再发出邀请，希望他担任《晨报副刊》的编辑。1952 年底，为了实现他留学回国后一直积聚在内心的梦想，决定出任《晨报副刊》的编辑一职。这一决定开启了徐志摩事业腾飞的新时期，也是他组织主持文学活动最辉煌、最意气风发的时期。

徐志摩领导编辑的《晨报副刊》是中国现当代文学史上浓墨重彩的一笔。

其实在徐志摩的内心一直有一个想要办一份属于自己的报纸的夙愿。经过梁启超的推荐，徐志摩曾经

前往《时事新报》的副刊《学灯》担任编辑，可惜最终以失败告终。

1923年冬日，好友张君劢组织成立理想会，特地向徐志摩约稿，计划创办《理想》月刊，可是最后也不了了之；1924年创办新月社后，想要创办《新月》周刊或月刊的想法也最终被扼杀在摇篮里。屡屡尝试屡屡受挫，几年下来，徐志摩感到光阴虚度，事业无成，心生愧疚。

后来偶然机会，与《晨报》邂逅，常常写些文章投稿，也不温不火。《晨报》的前身是《晨钟报》，是以梁启超、汤化龙为首的进步党（后改为宪法研究会，即研究系）的机关报。

在1916年8月15日办报之初，《晨报》主要刊载诗歌、小说等专栏，因随《晨报》附赠给读者，故名曰《晨报副刊》。

深知办报之难，虽然后来常常听到说要办《晨报副刊》的消息，徐志摩却没有真正放在心上。1923年3月，受泰戈尔邀请打算去欧的徐志摩受到了众人的阻拦，一班好友都不肯放他走，其中最“蛮横无理”的便是《晨报》的陈博生和黄子美。无奈之下，徐志摩只得好言相奉，答应待到从欧洲归来，就替他们办《晨报副刊》。当时徐志摩只当是戏言，没有在意，不承想，后来《晨报副刊》竟然真的风风火火地办了起来。

从1921年7月起，在主编先生孙伏园的带领下，《晨报副刊》办得如火如荼，不久《晨报副刊》更名为《晨报副镌》，并改名为四开小张独立出版。经过三年的磨砺与成长，《晨报副刊》的名气越来越大，在读者中的认可度和知名度也越来越高。1924年孙伏园先生辞去该报主编之职，主编之位人选成了问题。

正是在这时候，徐志摩从欧洲归来，曾经的一句戏言竟然成真了。《晨报》报社竭力邀请请志摩、张奚若、陈西滢等人，一起商讨副刊改良之事，考虑到一来徐志摩是陈博生和黄子美推荐的，二来融贯中西方文化的徐志摩有着诗人的特质、活泼的文笔，其政治理想和思想观点也与《晨报副刊》的创作思路不谋而合，徐志摩便成了这一空缺的理想人选。

面对《晨报》报社的极力劝说，面对如此难得的实现梦想之机遇，徐志摩难以抵挡如此巨大的诱惑，他终于接受了这一聘任。

1925 年 10 月 1 日，金秋送爽，在累累果实的喜悦里，由徐志摩负责的第一期《晨报副刊》问世，预示着《晨报副刊》掀开了新的一页，预示着徐志摩的事业踏上了新的阶梯。这一期的报刊不仅是徐志摩对于自己能力的确认，更是他在用自己的实力对那些质疑自己和质疑《晨报副刊》的人作出强有力的回答。

在首期编就的期刊上，他悍然写下了《我为什么来办我想怎么办》一文来阐明自己的办报主张和理想，表现出了独特的艺术个性。

我自问我决不是一个会投机的主笔。迎合群众心理，我是不来的，谀附言论界的权威者我是不来的，取媚社会的愚暗和褊浅我是不来的；我来只是我自己，我只对我自己负责任，我不愿意说的话你逼我求我我都不说的，我要说的话你逼我求我都不能不说：我来就是一个全权的记者……

带着诸多的期望，也带着很多的质疑和否定，他的成与败不仅仅代表着自己，更代表着《晨报副刊》的命运。

对于徐志摩来说，这次接受《晨报副刊》主编一职，便不单是一种简单的机械的任务，《晨报副刊》似乎成了志摩发出内心声音的话筒，成了徐志摩毫无保留地铺展自己灵魂与血肉的平台。在这读者与作者之间的沟通中，应该有一种生命气息在贯通；与读者一同感受着悲伤，一起分享着喜悦，从真正的人身上体悟到应有的自由价值。

徐志摩对于此次的《晨报副刊》，充满着勃勃斗志和希望。他充分地调动起丰富的人脉资源，将“笔杆犹如长江大河永远流不尽”的梁启超、当时清华国学研究院著名的“四大导师”中的赵元任、极具浪漫情怀的作家郁达夫、曾任《政治学报》主笔的张奚若、“女神诗人”郭沫若还特意请了姚茫父、余越园谈中国美术；刘海粟、钱稻孙、邓以蛰谈西洋艺术；戏剧家余上沅、赵太侔谈戏剧；闻一多谈文学；天文学家翁文灏、化学家任叔永等谈科技；音乐家萧友梅、赵元任谈西洋音乐；考古学家李济之谈中国音乐……各取所长，各尽所需。作家之多，涉猎范围之广，达到了令人瞠目结舌的地步。

凭借着徐志摩的好人缘，《晨报副刊》吸引了诸多极负盛名的大家的加入，自然引起了诸多关注。《晨报副刊》在徐志摩手中别有特色，重新焕发了生机与活力。

新一期的《晨报副刊》得到了极大的呼声和赞许，徐志摩得到了莫大的鼓励，他在《晨报副刊》上建立了自由的小王国，时常将其当作宣讲自己文艺理论的阵地，实现自己梦想的战场。

在自己主编的第二期《晨报副刊》上，徐志摩再接再厉，撰文《迎上前去》，充满斗志和力量。

在我这“决心做人，决心做一点认真的事业”，是一个思想的大转变；因为先前我对这人生只是不调和不承认的态度，因为我与这现实世界并没有什么相互的关系，我是我，他是他，它不能责备我，我也不批评它。但这来我决心做人的宣言却就把我放进了一个有关系、负责任的地位，我再不能张着眼睛做梦，从今起得把现实当现实看；我要来察看，我要来检查，我要来清除，我要来颠覆，我要来挑战，我要来破坏。

《晨报副刊》在徐志摩的手中，创刊思路有了较大的转变。一方面顺着新月派的思路走下来，它已经俨然成了新月派的传声筒了；然而另一方面如果不是徐志摩的一手努力，或许，《晨报副刊》不过是众多无名小报中的一种而已，不过默默地堆在历史的角落，难以找到一丝痕迹。在某种程度上，徐志摩代表着《晨报副刊》，而《晨报副刊》在某种程度上也代表着徐志摩。

第二节 徜徉在心灵深处的欢畅

众所周知，若不是《晨报副刊》作为背后学术阵地的支持，这位才情显赫的诗人或许难以收获这样的业绩。

五四时代是一个大师云集的年代，在这个破旧立新的时代中，各种执拗于现代和传统之间的观点互相摩擦碰撞，这样的思想差异反而为不同文化之间的交流切磋提供了丰富自由的空间。

《晨报副刊》正是这样一个有包容性的报纸刊物阵地。

1925 年 10 月 6 日，距离《晨报副刊》创刊不到一个星期。《晨报副刊》像往常一样开始新一期的发刊，在《社会》周刊栏上《帝国主义有白色和赤色之别吗？》一文中，陈启修针对当时中国知识界流行的

“苏联同样是帝国主义”的观点提出了质疑，不主张将苏联称为帝国主义，不主张把苏联定为敌人，盛情地赞扬了新生的苏维埃政权，认为苏联是中国人的朋友。

随后，被人称为“大炮”的清华政治系教授张奚若于10月8日马上写了《苏俄究竟是不是我们的朋友》，这一文章在《晨报副刊》的头条位置上进行发表。紧接着刘勉己又于10日在《晨报副刊》上发表了《应怎样对苏俄？》的文章。

这样的争论在坊间并不少见，只是在《晨报副刊》这份颇有影响力的报刊上形成如此大规模的辩论的确引起了诸多的关注。而不得不说，如若徐志摩不是《晨报副刊》的主编，或许难以想象能够这样宽容地为他们提供如此平坦宽阔的平台。

一周以后，“苏俄仇友”之辩的参与者越来越多，范围和影响也越来越大。志摩索性就在《晨报副刊》的“文艺栏”特设“关于苏俄仇友问题的讨论”和“仇友赤白的仇友赤白”两个专栏，集中各种不同意见的稿件，为各种观点自由争论提供了充分的空间。同时，徐志摩又在“社会栏”中设置了“对俄问题讨论专号”，这一场本为百家争鸣的自由学术之争引发了一场激烈的政治大讨论。

作为总编，徐志摩绝不是某一政治别派的代表人或拥护者，在10月22日《仇友赤白的仇友赤白前言》中，他特意声明《晨报副刊》撰稿选稿是徐志摩个人完全除外的特权与责任。对于这场论辩，徐志摩自信是保持着公允的态度，力求不带有任何的个人成见。只要文章是带有忠实的思想，无论个人观点如何，都有自由发表的权利：

我恨一切私利动机的活动，我恨作伪，恨愚暗，恨懦怯，恨下流，恨威吓与诬陷。我爱真理，爱真实，爱勇敢，爱坦白，爱一切忠实的思想！

徐志摩先生曾经有过留美留英接受外国思想熏陶的经历，在《曼殊菲儿》《罗曼·罗兰》《谒见哈代的一个下午》等散文中足以看见西方文化对徐志摩人生的影响，这场论战之所以能够在他主编的《晨报副刊》上开展，与徐志摩之前的欧洲漫游之行的所见所闻息息相关。正如他追求自由学术观点一样，志摩认为革命的目的恰恰在于认识自我，个人解放。摒弃压在人类灵魂上的沉石，让每个人都有机会亲身经历去了解自我，发挥身上潜伏的力量。这种人道主义和个人主义的认识，对论战产生了很大的影响。

一波未平一波又起，不久，徐志摩主编的《晨报副刊》又引起了两场文字官司。

一是鲁迅、周作人与徐志摩好友陈西滢之间的论战，这是一次来自于不同思想文化背景的知识分子的较量，一面是以鲁迅为代表的旅日派留学知识分子，一面是以陈西滢为代表的留学欧美的知识分子，两大阵营之间的论辩对中国现当代文学的发展产生了深远影响，被载入历史史册，成为现当代文学史上最自由的论争。

1925年5月，北京女子师范大学发生了学潮事件，向来疾恶如仇、支持学生运动的革命文学家鲁迅先生在《京报副刊》上撰文《忽然想到（七）》对此事表明了自己的看法，支持学生们为了抗击强暴势力的英勇行为，而对当时的女师大校长杨荫榆等人的威吓开除参加学潮学生的行为表达了强烈的谴责和不满。

这一事件成了这场论战的导火索。

过了不久，以鲁迅、周作人为首的七名教师再次扔出反击炮弹，在《京报》上发表了联合署名的《对于北京女子师范大学风潮宣言》，这一宣言铿锵有力，义正词严，引起了时人极大的关注。

业界坊间虽然议论纷纷，但未曾有人公开站出来表态。正在这时，徐志摩的好友陈西滢（陈源）在自由论刊《现代评论》第一卷第二十五期上慨然发表《闲话》一文，直指女师大的这次学生风潮是北京教育界的某些人暗中指使而为，这一言论直接质疑了北京女子师范大学风潮事件的正义性，暗中强烈攻击了鲁迅等人的观点。

陈西滢的这等言论，犹如将鲁迅、周作人等人的一番举动戏化为小丑之举，向来以犀利著称的鲁迅先生自然不允许他歪曲事实，于是后来又特意在《京报副刊》上提出反击，更新观念，阐明自己的正当立场。一场以女师大学潮为契机的思想文化论战从此正式拉开了帷幕。

至于徐志摩，原本对于此事，他是完全可以置之不理的。在最初的论战中，徐志摩也不过是众多旁观者中的一位，冷眼而看，静等事态发展。不过向来豪侠仗义的他渐渐看出了论战之火有愈演愈烈之势，身为陈西滢的好友，他忍不住想站出来说几句话。

1926 年 1 月 13 日，徐志摩看了陈西滢在《现代评论》上发表的关于法朗士的《新闲话》后感触颇深，于是在《晨报副刊》上发表了《“闲话”引出来的闲话》一文，热情地赞扬了自己的朋友陈西滢的人格、学问和文章。在这样特殊的时候，鲁迅兄弟与陈西滢的关系处于充满火药味儿的微妙阶段，徐志摩的这一文章无疑将自己投身于火海之中。

看到文章后，正在论战中的鲁迅兄弟自然十分恼火，炮火同时转向了徐志摩。一个星期后，周作人在《晨报副刊》上刊登出《闲话的闲话之闲话》一文，直接批评徐志摩是非不分，颠倒黑白，不敢苟同徐志摩对于陈西滢的关于文章、学问和人品的恭维。

或许这就是徐志摩的伟大之处，他并不因为个人的恩怨而阻拦周作人的发文，而在同一期的《晨报副刊》上，徐志摩同时发表了《再添几句闲话的闲话乘便妄想解围》，对周作人的责难进行了自我辩解，想要极力解释他们对自己的误解，并想在此事中做和事佬，缓和双方之间的关系。

这正是一个真实而全面的徐志摩形象，在思想面前保持精神绝对的独立而自由；在生活上追求跟着心灵随意而生；对待朋友两肋插刀，重视友谊；不惧规矩的限制，优游自在地活在世间。

面对着愈演愈烈的论辩局势，徐志摩认为不能再纵容事态的恶化，决定挺身而出，结束这场论战。1 月 30 日他发表了《关于下面一束痛心告读者》，发出声明：无论如何，我以本刊记者的资格向读者们道歉，为今天登载这长篇累牍多少不免私人间争执性质的一大束通信。呼吁双方停止这种论争，并声明今后再也不刊登此类文字了，以免伤了和气，引起不必要的纷争。

这场纷争表面上看起来是私人性质的，可是论争背后涉及诸多的现代知名人士、普泛文化界、政治界、文学界等各个方面，它的影响不仅涉及教育纷争、政治观点、文化选择，当然其中也掺杂着私人的情感。

局势似乎已经不是徐志摩能够掌控的了。徐志摩强烈呼吁双方停战，可是他的声音像是滴水入海一般，消逝在鸿声大波之中。

其后的论战依然继续，陈西滢辑录的《闲话的闲话之闲话引出来的几封信》在副刊上发表，其中的文字，仍不免充满攻击的利刺。就这样，双方你一招我一式，你来我往，论战进入了越发白热化的阶段。

纵然一边是多年挚友，一边是并不熟悉的同僚，徐志摩仍不愿看到为了观点的论战，导致双方走向反目成仇的局面，1926 年 1 月 31 日，他在《致周作人》的信中提到，关于这场笔战，时至今日，他已与俞平伯、江绍原等人彻谈过，大家都认为有停息的必要，希望由两面的朋友分别出来劝和。过去理应埋葬在过去，没有必要两厢争斗，让渔翁得利，希望大家都能平心静气，放下过去，结束这场闲话之争。

徐志摩说他信得过陈西滢和周作人，但他担心鲁迅先生方面不好沟通，所以特意想情周作人从中周旋，多做调解：“只有令兄鲁迅先生脾气不易捉摸，怕不易调和，我们又不易与他接近，听说我与他虽则素昧平生，并且他似乎嘲弄我几回我并不曾还口，但他对我还像是有什么过不去似的，我真不懂，惶惑极了。我极愿意知道开罪所在，要我怎样改过我都可以，此意有机会希为转致。”

徐志摩的这番努力终于起到了一定的作用，剑拔弩张的争锋态势稍有缓和。1926 年 2 月 3 日，徐志摩在《晨报副刊》上发表了《结束闲话，结束闲话！》“带住！让我们对着混斗的双方猛喝一声。带住让我们对着我们自己不十分上流的根性猛喝一声！”

徐志摩的这篇文章犹如为汹涌的洪水直冲下来，似乎在一定程度上浇灭了双方之间的熊熊烈火。然而鲁迅在看了徐志摩写的《结束闲话，结束闲话！》后，在 2 月 7 日又发表了《我还不能“带住”》，算作对此事的回应。

这种类似的大小辩论比比皆是，正是在互相的攻与守中，才得以淋漓尽致地展示人之思想，宗派之理念。徐志摩及其《晨报副刊》，在文艺的报道和文艺思想的宣传方面表现得异常活跃。由于《晨报副刊》引起的多次论证，在当时盛极一时，引发了广泛的关注和影响，其辩论的锋芒普及许多不同倾向的文艺团体和知识分子，徐志摩充分地利用了《晨报副刊》这块宣传阵地，尽情地展现了自己的文艺追求和政治信仰。

曾经有人把五四时代比作春秋战国时期，某种程度来说，在思想开放和文化自由上，它们确实有着相似之处，同样是百家争鸣的氛围，为各种思想和学说提供了共存的空间，也为他们互相辩驳提供了可能。

徜徉在心灵深处的欢畅，从未离开徐志摩；无论何时何事，他总能尽自己最大的可能自由地闪耀美丽的光辉。

第三节 新月望到圆

由徐志摩主编的《晨报副刊》是独特的，其独特之处，正在于它的开放与自由，这恰恰是徐志摩一直以来秉承和追求的。无论是哪方面的文章，《晨报副刊》都为仁人志士提供了一个尺度宽松的自由言论空间，这种自由让《晨报副刊》一时间声名鹊起。

在徐志摩事业腾飞的那段时间，恰是他爱情失意、社会动荡之时。就像他在《自剖》《再剖》等一系列自我审视的文字中所提到的那样，这段时间在诗文上的某些成功，或许是由于某些情绪郁结凝于心、现于外所致。

爱和平是徐志摩的天性。在当时充满怨毒、猜忌和残杀的社会背景中，处处弥漫着血雨腥风的味道。诗人所特有的敏感和紧张，让他对情感把握得格外细腻，他的神经总是处于不可名状的压迫中。在人生最低谷的时候，他献祭了灵魂，收获了残忍。同时，这残忍于心中有所念，又在他的笔下演化成清泉般的诗文。

于是，世人知道了，有一位有才情的诗人叫作徐志摩；徐志摩的头上也开始被冠以新月派的名号。在某种程度上，徐志摩代表着新月派，新月派代表着徐志摩。

提起“新月”的渊源，还要追溯到曾经的泰戈尔访华之旅。对泰戈尔先生万分仰慕的徐志摩由他的《新月集》受到启发。新月，犹有新生之意，新生之月皎洁，遥遥地挂在天边，纯亮无瑕。而徐志摩一直以来苦苦追寻的“从性灵深处来的诗句”，不也正是应该如此吗？

每每提起新月派，首先映入脑海的便是徐志摩。作为新月派的代表人物，他是贯穿新月派前后期的元老级人物。他热烈地追求“爱”“自由”与“美”；追求人与自然的和谐，他那活泼好动、潇洒空灵的个性与不受羁绊的才华相辅相成，形成了独具特色、灵动飘逸的“徐志摩风格”。

《晨报副刊》恰是他宣扬新月派思想的重镇。在《晨报副刊》的地盘上，他高举着新月派的旗帜，尤其以《诗镌》为依托，在二十世纪的文坛上掀起了一场轰轰烈烈的诗歌运动高潮，在中国现当代诗歌发展史上具有纵观中西、承古继今的重要意义。

1923 年 9 月，一个偶然的机会，徐志摩拜读到由泰东书局出版社出版的《红烛》一书，虽然此前他与其作者闻一多未曾谋面，但是，在看到他写的诗歌之后，徐志摩感到一阵从未有过的亲切感，《红烛》里那些充满激情的阐释和极富创造性的形式创新给徐志摩留下了深刻的印象，这不正是自己想要的诗歌吗?

闻一多的诗歌给徐志摩的诗歌创作和思想创新以突破性的启示。徐志摩与从美国刚回来不久的闻一多见面后，一见如故，十分欣喜。

闻一多身上独特的艺术家气质和对诗学的独到见解，让徐志摩甚为惊叹。后来经过闻一多的引荐，徐志摩得以认识一批颇有潜力的青年诗人，以诗文会友，他们定期在闻一多家举行诗会，会上赏诗品茗，互相切磋，讨论新诗的发展趋势。在这诗歌的天堂中，人们尽情地体会着诗歌的魅力。这一批以朱湘、孙大雨、饶孟侃等人为主的青年诗人后来成为新月派的主力。

这个松散的诗会是新月派的发展前身，众人曾经有过合办一份诗歌方面刊物的想法，无奈一直以来苦于资金紧张和政府的压力，难以成形。徐志摩的加入，让创办诗歌刊物之事终于有了眉目。

从传统的古典文学的熏陶中走出来，后来又受到西式文化的影响，徐志摩并不满意五四以来形式过于散漫的“自由诗”，也不满足于自己的西式诗作。他一直就有创办诗刊的想法，无奈个人力量有限，一直没有好的契机来实现。

一个想法突然闪现，如果在《晨报副刊》上办一个诗歌专栏，这样便可借力使力，实现大家办诗刊的愿望。

1926 年 4 月 1 日，由徐志摩主办、网罗众多诗坛名将闻一多、朱湘、饶孟侃、刘梦苇、于赓虞等诸人的晨报《诗镌》终于与世人见面。新月望到圆，新月派终于有了属于自己的诗歌刊物。

在首期的《诗镌》上，徐志摩以一篇《诗刊弁言》，代表着新月派的诗人，向诗坛发布了一个伟大新诗运动的宣言：

我们的大话是：要把创格的新诗当一件认真的事情做。……再说具体一点，我们几个人都共同着一点信心：我们信诗是表现人类创造力的一个工具，与音乐美术是同等性质的；我们信我们这民族这时期的精神解放或精神革命没有一种像样的诗式的表现是不完全的；我们信我们自身心灵里以及周遭空气里多的是要求投胎的思想的灵魂，我们的责任是替它们构造适当的躯壳，这就是诗文与各种美术的新格式与新音节的发现；我们信完美的形式是完美的精神唯一的表现；我们信文艺的生命是无形的灵感加上有意识的耐心与勤力的成绩；最后我们信我们的新文艺，正如我们的民族本体，是有一个伟大美丽的将来的。

《诗镌》的问世，开启了一个朝气蓬勃的诗歌时代，乘着时代的风浪，在现当代诗歌史上留下了浓墨重彩的一笔。

每逢周四《诗镌》发刊之日，大街小巷都飘荡着诗歌的味道。《诗镌》编刊不同于其他杂志报纸，它采取的是轮流编辑的方式，在徐志摩率先主编了第一、二期后，闻一多接过了接力棒，负责第三、四期的编辑。这种轮流主编的形式确保了《诗镌》的自由化和个性化，使各种诗歌的魅力都得到了最大的迸发。

一群诗歌的开拓者在历史的风浪中披荆斩棘，他们将用诗歌的灵魂谱写历史的华章。他们突破了传统诗歌格律、字数等形式的束缚，借鉴西方的诗歌形式，结合新时代的社会生活，极大地拓展了诗歌的表现内容。志摩和他的诗友们，不仅从理论上强调新诗应该实现内容与形式的统一，更重要的是从实践上开拓了一片新诗的新天地。

《诗镌》总共十一期，刊登了新诗作八十多首，留予后世宝贵的诗歌财富；在诗论方面，饶梦侃的《新诗的音节》《再论新诗的音节》、闻一多的《诗的格律》等，对新诗格律方面进行了创造性的探讨。其中音乐（音节）美、绘画（辞藻）美和建筑（节的均齐和句的均齐）美的“三美主张”成为新月派具有创新性和代表性的诗歌主张。

以《诗镌》为主阵营的新格律诗歌运动在当时诗坛上引发了广泛反响，也得到了众多大家的肯定。

大文学家朱自清先生曾经充分地肯定过《诗镌》中所倡导的新格律诗：“他们真研究、真实验；每周有诗会，或讨论，或诵读。”梁实秋说：“这是第一次一伙人聚集起来诚心诚意地试验作新诗。”虽然只出了十一期，留下的影响却很大——那时候大家都作格律诗；有些从前极不顾形式的，也上起规矩来了。

在茫茫诗歌探索之路上，未来充满了迷雾，一众人等经历了无数磨难，才让《诗镌》得以成形。

然而在当时的社会中，乌烟瘴气的气氛压得《诗镌》难以喘息，一次次地面临着更多的考验和挑战。由于种种原因，1926年6月10日，经过了两个多月或辉煌或挣扎的岁月后，《诗镌》停刊。

《诗镌》停刊，徐志摩却始终未能放弃追求自己梦想的脚步，暂时的阻碍于他而言，不过是未来前进的动力。纵然诗刊暂时“放假”，然而提倡新诗这条道路却要继续走下去。

第八章 人生低谷

献祭了灵魂，收获了残忍

第一节 从苦恼的人生中挣出了头

经历了太多悲辛与磨难，徐志摩与陆小曼终于能够光明正大地结合在一起了。在徐志摩的眼中，他们“从此走入天国，踏进了乐园”，再回首往昔走过的泥泞和苦涩，这如同是一场过五关斩六将经历艰苦战斗之后终获胜利的持久战役。

徐志摩在《爱眉小札》中那种烦躁不安、痛苦不堪的心境渐渐时过境迁，烟消云散，取而代之的是婚姻带来的喜悦。

北海的婚礼之后，徐志摩特意辞去了《晨报副刊》的主编一职，偕夫人陆小曼一起南下拜望父母并度蜜月。在陆小曼与徐志摩恋爱之时，徐父徐母就对她颇有成见。陆小曼第一次正式跨入徐家大门，将曾经养尊处优、生性骄奢、无拘无束的个性也带了进来。看到陆小曼随性散漫的生活方式以及她在理财家事方面的一窍不通，徐志摩的父亲感到十分气愤。一怒之下，徐申如夫妇离开了硖石，起程前往北京去找张幼仪了。

纵然徐志摩的父母至今仍未接受这个儿媳，然而此时徐志摩与陆小曼之间的感情甚笃，夫妻双双把家还，比翼连理情谊浓。

只做鸳鸯不羡仙，在徐志摩的故乡浙江硖石，他们度过了一段难忘而美丽的时光，恍若桃源现世。

正处于改弦更张的乱世之中，他恰好遇到了她，而她恰好遇到了他；你若安好，便是晴天。两个相互需要的人靠在一起在寒冷的社会中取暖，一起相爱，一起幸福；这全天下，似乎有爱人相伴的地方便是最安稳的了，平凡正是这么简单。

徐志摩尽情地享受着新婚后的甜蜜时光，充满斗志孜孜不倦地投身于事业，经营书店，创办诗刊，在新诗的探索方面做出了卓越的贡献。这样的简单而快乐日子过了一段时间后，生活渐渐重新回到了平静。

可惜好景不长，一个月后，北伐的炮火炸响，北伐军队从东路挺进发动了江浙之战，随后北伐军继续向前逼近占领杭州，战争的炮火正在一点点地侵蚀着远在南方的小镇硖石。为了躲避战争的侵扰，徐志摩与陆小曼不得不中断在硖石神仙般宁静又快乐的日子，来到上海定居，从清幽祥和的小镇，重新回到了繁华喧闹的大都市。由此，他们在上海滩的生活正式拉开帷幕。

1927年1月，徐志摩与陆小曼被迫移居到上海，实在是无奈之举。隐隐之中，徐志摩有些担忧。这是一个灯红酒绿的世界，充满着各式各样的诱惑，不知是否会侵蚀他与陆小曼之间的爱情？

在这段时间里徐志摩写给友人的信件中，难免流出他的焦灼和担心：

我们婚后头两个月在一个村镇中度过，既宁静又快乐；可是我们现在却混在上海的难民中间了，这都是拜这场像野火乱烧的内战之赐。敝省浙江一直是战乱不侵的，使其他地方的人羡慕不已，但看来这一次也不能幸免了。

在硖石的一个月，不错，总算享到了清闲寂静的幸福。但不幸这福气又是不久长的，小曼旧病又发作，还得扶病逃难，到上海来过最不健康的栈房生活，转眼已是二十天，曼还是不见好。

其实，徐志摩的担心并非空穴来风。

在徐志摩与小曼恋爱期间，陆小曼依然难改流连于各种舞池酒会的习惯；加上现在时局动荡，陆小曼身体欠佳，种种愁绪惹人烦。

初到上海，徐志摩与陆小曼的日子并不好过，因为一时找不到合适居所，只能暂且寄居到友人宋春舫的家。在硖石乡下，生活尚且可以维持；此番匆忙来沪，飞涨的物价和不断减缩的积蓄形成鲜明对比，而父亲徐申如去京后又断绝了他们经济资助，夫妻两人的生活，举日维艰。

上海的生活萧条，想要离沪前往欧洲却又走不了，正是进退两难的境地。

然而去与留不单单是徐志摩一个人的事情，陆小曼并不想要离开上海。殖民统治下的“十里洋场”依然难以掩饰这个城市的繁华，灯红酒绿，光影摇曳，在这个政客名媛都十分青睐的浮华盛地，陆小曼看到了自己曾经熟悉的生活之影——一个迷醉在酒杯里的陆小曼，一个舞池中妩媚多姿的陆小曼，一个为了社交周旋而不惜舍家弃亲的陆小曼。

依附着这样得天独厚的条件，陆小曼自然不愿离开风格无限好的上海。

爱，在俭朴的生活中，是有真生命的，像一朵朝露浸着的小草花，在奢华的生活中，即使有爱，不能纯粹，不能自然，像是热屋子里烘出来的花，一半天就衰萎的忧愁。

曾经徐志摩在《爱眉小札》中的这番劝教，陆小曼早已全然抛在脑后了。当她将时间和精力全都放在轻歌曼舞的社交生活中，流连于舞池酒场上的时候，陆小曼早已忘记了自己的家，早已忘记了在家中苦苦守候的徐志摩了。

1927 年秋天，有了生活来源的徐志摩和陆小曼搬到了环龙路花园别墅 11 号，自小养尊处优惯了的陆小曼不满意这里的条件，后来举家又搬至福熙路四明村 923 号。

四明村的住宅，是上海滩上上乘的房屋。独门独户的四合院似的洋楼精巧别致，前面两层楼，后面连带着三层楼，其中一幢便是陆小曼与徐志摩租下的住宅。

在这样气派的宅院里居住，自然要有撑得起门面的排场。家中有保姆厨师、出入有司机男仆，佣人众多。无论东西多么贵，是否需要，但凡是喜欢，就一定采购回家。原本供给两人的生活已经有些困难，而如今添了这么多负累，徐志摩的肩上压了沉沉的担子。

陆小曼的一天是从下午开始，在下午的慵懒时光，她会作画、写信、会客、记日记，俨然名门闺媛。到了晚上，陆小曼又摇身一变成为社交场上的备受追捧的交际花，无论男女都想一睹这舞池皇后的绰约风姿；阔太太们登门请她为募捐赈灾义演，每次必推她压轴；戏场上的陆小曼更是风光无限，她喜欢捧戏子，尤其喜欢捧坤伶，对于捧角，更是一掷千金，毫不吝啬。

待到过了子夜，陆小曼才拖着疲倦的身体，摇摇晃晃地往车里一躺，回到寓所。上海是个不夜城，她过的是不夜的生活。

这种不规律的作息时间和不健康的生活方式，最终导致陆小曼的身体健康极大损耗，可每况愈下的身体，丝毫无法阻挡陆小曼的向外疯跑的野心。徐志摩一面担心着陆小曼的身体，一面还要为越来越紧张的经济状况担忧。

陆小曼将大量的时间、钱财耗费在餐请夜宴上，原本就拮据的生活变得越发捉襟见肘了。

随着政局渐渐稳定下来，陆小曼不愿离沪之心已定。自小长成于家境殷实之家，陆小曼对于钱财挥霍向来没有什么概念，只求得出入于社交场所游刃有余，自由快乐罢了。

这样下来可苦了徐志摩。让自己心爱之人过得快乐，本是天经地义之事。为了满足陆小曼的生活需求，志摩要奔波于光华大学、东吴大学和大夏大学等几所大学里任教谋生。每天在几所大学间来回讲课，终日里像是一个连轴转的陀螺，不敢知疲倦。

一面是徐志摩奋力赚钱养家，一面是陆小曼不知节制、挥霍无度，家中的财政危机依然严重。看着欠债的数额一点点累积，徐志摩急得像是热锅上的蚂蚁；而陆小曼依然若无其事，我行我素，坦然处之。

半年下来，徐志摩以前的诗学探索也搁浅了，他悄悄地把梦想掩藏在内心最深处的角落，无暇顾及。

每每劳累了一天回到家，期待着妻子送上热腾腾的香茶，满满一桌丰盛的晚餐，道一句辛苦，不多的付出，却能赚得丈夫满心的欢喜和满足。然而在徐志摩的家中，他从未见到那盏温暖的家的灯光为他守候，迎接他的不过是冷清清的房间和绵绵无尽的黑夜。

此时的陆小曼当然正沉浸在喧哗的舞场中，接受着众人的追捧和赞扬。

当膨胀的爱情在生活的平台上渐渐降落，回归它原本的面目，人们才蓦然发现，能真正经得起生活检验的爱情才叫作真爱情。曾经的你侬我侬全都随着《爱眉小札》完结了，当两人的关系由恋爱走向了婚姻，难道是他们爱情毁灭的开始？

恋爱胜利后的幸福没有了，平静的生活也被打破，徐志摩身心俱疲。他感到了生活的灵性正在一点点流走，曾经对于爱情的期许渐渐幻灭，他觉察到了堕落的危机。

第二节 除了消灭更有什么愿望

在上海一年的生活，陆小曼与徐志摩之间的关系正在发生着悄然变化。曾经吸引彼此的那一点磁性越来越弱，而两人在性格、生活方式和价值观念上的差距越来越明显。徐志摩与陆小曼，正越走越远……

纠结于陆小曼肆意骄奢、生活不节制之事，夫妻之间免不了发生摩擦。陆小曼喜欢周遭热闹，喜欢玩，只有在人们的追捧中，才能找到自己的价值和快乐；而徐志摩则喜欢静静地思考，在独处中读书写作，向往一种积极向上的生活。

在多次爆发的激烈争吵中，陆小曼的挥霍无度非但没有减轻，反而变本加厉。她在戏院包场，一出手一掷千金，满座皆惊；她去“大西洋”“一品香”吃大菜，挥金如土。深爱妻子的徐志摩在辗转于多个大学教书糊口的同时，空余时间不得不赶写诗文，以赚取微薄的稿费。

徐志摩这般努力地赚钱，一方面是填补陆小曼不断增加的经济漏洞，另一方面也在偷偷地积攒着赴欧费用。在他心中，一直以来的“康桥情结”是永远抹不掉的怅惘，他期冀着陆小曼能够离开上海，离开这些人与物的诱惑，或许陆小曼会重新变回从前那个纯真美好、真心爱自己的温婉女子。

可是事态愈发严重了。

陆小曼的生活没有任何起色，而她的身体也一直处于病怏怏的状态，在上海交际场上认识的朋友翁端午就劝她抽几筒鸦片。几缕青烟入体，浑身说不尽的舒服畅快，本就安于享受、毫无节制的陆小曼顿时如抓住了救命稻草，沉溺于鸦片的世界中神仙般“逍遥”。

鸦片上瘾之后的陆小曼变得更加懒惰、贪玩，还给家中增添了一笔巨大开销。沉甸甸的经济负担压在徐志摩身上，为维持现有的生活他却要默默忍受。

1927 年 12 月 7 日，《玉堂春·三堂会审》将要在上海夏令匹克戏剧院隆重上演。隆冬时节，寒意凛然，冰天雪地里狂风怒号，张着血盆大口，仿佛要吞噬世间的一切。剧场之内，灯火通明，人声鼎沸，前来看剧的观众摩肩接踵。原本再普通不过的剧目引起了时人的广泛关注，正是因为这部剧作是由徐志摩与陆小曼联合上演。

为了演出这部戏，陆小曼提前做足了准备。为定做专业的演出行头，她甚至不惜将恩厚之寄给他们夫妻奔赴欧洲学习的费用也挥之一掷；为博得关注，她还特意拉上了徐志摩参演，徐志摩虽然百般不愿万般推辞，无奈陆小曼软磨硬泡，为了博得红颜一笑，志摩只得无可奈何地答应，勉强同意与陆小曼同台演出《玉堂春·三堂会审》。

舞台上流光溢彩，美工戏服斑斓精致，陆小曼袅娜的身姿在舞台上盘旋，余音袅袅，美不胜收。恍惚间，徐志摩仿佛又回到了从前，回到了曾经她与他初识的那一晚，她也是这般婀娜多姿，美艳动人。

一曲终了，乐停人定。徐志摩多么想将时光定格在此刻，在这方尺大的舞台上只有他和她，徐志摩深情地望着陆小曼，陆小曼也同样默默地望着徐志摩。

这次的同台合演让徐志摩与陆小曼之间的关系稍有缓和，本以为这是个好的转机，没承想，曲终人散后的一件事情让徐志摩颇为尴尬。

无论是陆小曼还是徐志摩，都是在上海滩颇有名气的人物。这一事件自然引起了众多关注，诸多小报都纷纷报道这一事件，褒贬不一。17 日，《福尔摩斯小报》刊出了署名为“屁哲”的下流文章，标题为《伍大姐按摩得腻友》，一时间引起轩然大波。

这篇文章影射的正是陆小曼与翁瑞午之间的微妙关系，文章虽有很多不实之处，但是在那时陆小曼与翁瑞午走得比较亲近的确是事实。看罢报道，徐志摩难忍心中愤恨，与陆小曼大吵了一架，此事过后，夫妻关系渐趋紧张，然而陆小曼仍然我行我素，随性而为。

细说起来，翁瑞午的确在陆小曼的众多朋友中占据着重要地位，翁瑞午与陆小曼都喜欢纵游于夜场娱乐生活，喜欢唱京剧、昆曲。善于交际、精明仔细的翁瑞午常常能够顺着陆小曼的心意，投其所好，甚得陆小曼的欢心。后来由于陆小曼身体羸弱，翁瑞午便劝说她吸食鸦片来祛除痛苦，如此一来，陆小曼就越发离不开他了，两人常常一榻横陈，隔灯并枕，吸起了阿芙蓉。

徐志摩纵然是一个追求完美主义的诗人，但是在他所受的西洋文化熏陶中，尚且能够看开陆小曼与翁瑞午之事。他自有自己的一番哲学见解：男女之爱终究不是在芙蓉软榻上发展开的，男女之间，最规矩最清白的是烟榻，最黑暗最嘈杂的是打牌。所以徐志摩对于陆小曼吸食鸦片保持着暧昧不明的态度，而对于打牌，反而是坚决制止的。这种青白不分的姑息态度，助长了陆小曼的放纵习性，以致她与翁瑞午之间的关系，也发展到了危险的地步。

陆小曼的生活越来越颓废不堪，而家庭的重担又越来越沉重，徐志摩不禁扪心自问，这份千辛万苦才挣来的爱情究竟给自己带来了什么呢？于是，他写下了这一首《恋爱到底是什么一回事》，以诗抒情。

恋爱他到底是什么一回事——

他来的时候我还不曾出世；

太阳为我照上了二十几个年头，

我只是个孩子，认不识半点愁；

忽然有一天——我又爱又恨那一天，

我心坎里痒齐齐的有些不连牵，

那是我这辈子第一次的上当，
有人说是受伤——你摸摸我的胸膛——
他来的时候我还不曾出世，
恋爱他到底是什么一回事？

这来我变了，一只没笼头的马，
跑遍了荒凉的人生的旷野：
又像那古时间献璞玉的楚人，
手指着心窝，说这里面有真有真，
你不信时一刀拉破我的心头肉，
看那血淋淋的一掬是玉不是玉；
血！那无情的宰割，我的灵魂！
是谁逼迫我发最后的疑问？
疑问！这回我自己幸喜我的梦醒，
上帝，我没有病，再不来对你呻吟！
我再不想成仙，蓬莱不是我的家；
我只要这地面，情愿安分地做人——
从此再不问恋爱是什么一回事，
反正他来的时候我还不曾出世！

徐志摩重新回头反思这一段感情，质问自己“恋爱究竟是怎么回事？”经历了多少挣扎和苦痛，本以为可以迎来阳光灿烂的生命，怎能料，却跑到了荒凉的人生旷野。究竟是时间欺骗了自己，还是自己一开始就一脚踏入了罪恶的深渊？曾经以为是紧握在手里的璞玉，如今张开手来，看到那血淋淋的一掬不是玉而是血，手中的刀刃正在无情地宰割人的灵魂！

爱是痴，恨也是傻。然而陆小曼却毫不理会徐志摩的心，反而颇有微词：

志摩是浪漫主义诗人，他所憧憬的爱，是虚无缥缈的爱，最好永远处于可望而不可及的境地，一旦与心爱的女友所结婚，幻想泯灭了，热情也没有了，生活变得象白开水，淡而无味。志摩对我不但没有过去那么好，而且干预我的生活，叫我不要打牌，不要抽鸦片，管头管脚，我过不了这样拘束的生活。我是笼中的小鸟，我要飞，飞向郁郁苍苍的树林，自由自在。

陆小曼看不见徐志摩默默无闻的背后付出，在陆小曼的心中，那些能够顺从己意、纵容自由的爱才是真正的爱。

陆小曼与徐志摩，在结合之初就饱受非议，历尽千难万险终于有情人终成眷属。克服了婚姻问题中面临的外部阻力，又不得不面临新的问题，来源于他们生活本身的问题。两人在某些方面有着共同的兴趣和爱好，但是另一方面，又有着不同的生活追求和生活方式。陆小曼像是一个贪玩儿又调皮的孩子，而徐志摩却像是一个一直在找寻纯真与浪漫的寻梦者。当徐志摩看到陆小曼的一瞬，以为自己找到真正所要的了，然而他只看到了她的纯漫之美，却难以驾驭她的无拘无束的自由心。

无论是事业还是爱情，徐志摩在上海的生活一步步走向失望。残酷的现实渐渐让徐志摩认清了真相，纵然这真相是志摩一直以来不肯相信的，他不得不承认自己理想的覆灭一首《生活》写尽了他的辛酸与无奈：

阴沉，黑暗，毒蛇似的蜿蜒，
生活逼成了一条甬道：
一度陷入，你只可向前，
手扪索着冷壁的粘潮。

在妖魔的脏腑内挣扎，
头顶不见一线的天光，
这魂魄，在恐怖的压迫下，
除了消灭更有什么愿望？

第三节 为要寻一个明星

我骑着一匹拐腿的瞎马，

向着黑夜里加鞭；

向着黑夜里加鞭，

我跨着一匹拐腿的瞎马！

我冲入这黑绵绵的昏夜，

为要寻一颗明星；

为要寻一颗明星，

我冲入这黑茫茫的荒野。

累坏了，累坏了我胯下的牲口，

那明星还不出现；

那明星还不出现，

累坏了，累坏了马鞍上的身手。

这回天上透出了水晶似的光明，

荒野里倒着一只牲口，

黑夜里躺着一具尸首。

这回天上透出了水晶似的光明！

徐志摩算得上是比较纯粹的抒情诗人，在这首《为要寻一颗明星》中所承担的并非具象的人与事，而是支配整个世界的灵魂与感悟。一面是紧张而悲悯的意象堆砌——或是拐腿的瞎马，或是绵绵的昏夜，或是茫茫的荒野，抑或是那黑夜中躺着的尸首，然而无论怎样，作者终能于深渊处看见水晶似的光明，画着有些偏拗的执念：要寻一颗明星，要寻找一颗明星！

这番对于未来的表白充满着气斗苍穹的力量，虽与前期的柔美婉转之风大有不同，然而跌宕起伏间未忘的便是追寻明星的梦想，“寻一颗明星”，就是忠贞地追寻理想与光明；就是执着地追寻爱、自由与美。

如果冬天来了，春天还会远吗？

这个时期，徐志摩于诗学的探索，进入了与以往全然不同的一种境界。他在追求爱与美的大道上，并不回避痛苦和磨难，开始从恶的对照中发现美的渗透，这正是徐志摩诗歌的成长。

1927 年，徐志摩准备有一个新的开始，他决定要拿出些成绩来给新的一年交一份满意答卷。

以往新月社的失败依然历历在目，此时恰有一个契机，又提起当年往事。这年春日，徐志摩与闻一多、胡适、丁西林、梁实秋等一帮朋友齐聚一堂，怀着同样的追求，常常以餐会为名谈诗论作，不亦乐乎。与友人的相聚，让徐志摩的心又重新有了新鲜的跳动，梦想的希望冉冉再起。

经过一段时间的筹备，大家决定先招股集资合办一个新月书店，然后致力于诗歌月刊的建设。正是在这种情况下，新月书店的名号在上海滩一炮打响。

此时的新月书店纵然跟以前北平的新月社已然毫无瓜葛，但是对徐志摩来说，前后相继的事业是他未遂的梦想。为新月的梦想奔走呼号，徐志摩自然是最卖力的。

1927 年 7 月 1 日，上海华龙路法国公园附近的麦赛而蒂罗路一五九号商店书香满溢，新月书店正式落户在上海滩，给这座浮华的城市带来了些许文雅之气。这个书店在新月派的历史发展过程中发挥了极为重要的作用，后来成了新月派的主要阵地。

纵然参与者中声名较高的胡适先生被推举为书店董事长，余上沅先生荣任经理一职，但是事实上，新月派真正的领袖是大名鼎鼎的徐志摩。梁实秋回忆起那段难忘的日子，曾经动容地说道：

我记的，在民国十七八年之际，我们常于每星期六晚在胡适之先生极斯菲尔路寓所聚餐，胡先生也是一个生龙活虎一般的人，但于和蔼中寓有严肃，真正一团和气使四座并欢的是志摩。他有时迟到，举座奄奄无生气，他一赶到，像一阵旋风卷来，横扫四座，又像是一把火炬把每个人的心都点燃。他有说，有笑，有表情，有动作，至不济也要在这个的肩上拍一下，那一个的脸上摸一把，不是腋下夹着一卷有趣的书报，便是袋里藏着一札有趣的信札，传示四座，弄得大家欢喜不置。

新月书店的名号渐渐响亮，这为徐志摩在新月之路上继续前行积蓄了更多的勇气。

上帝说，要有光，便有了光。

1928 年 3 月 10 日，徐志摩主编的《新月》月刊正式创刊，犹如一轮新生的月亮，裹着纯洁的清辉，展现在人们的眼前。在首刊上，这一篇由署名“编者”而写的发刊词《新月的态度》被认为是“新月派”的宣言。

新生之月，寓意着诗歌的新生。它虽则不是一个怎样强有力的象征，但它那纤弱的一弯分明暗示着，怀抱着未来的圆满！

这种松散的结合，没有本着什么特定的宗旨，没有严密的组织机构，没有典型的旗帜，却始终未忘对未来负有消灭现在黑暗的责任。

此时的徐志摩拿出了否定一切现实的勇气，纵观现代文坛，归纳了文艺十三大派别，逐一批评了他认为的每一派别的不良倾向，新月派不敢附和唯美与颓废，不敢赞许伤感与狂热，不崇拜任何的偏激，信守着诗歌的价值和方向。

徐志摩热情洋溢、真挚坦诚的发刊词，体现了新月同仁犹如茫茫夜空中一颗明星，在迷蒙的时代中开辟出一条崭新的道路。然而徐志摩超然的、天真的态度很快招致了文艺界批评其不切实际的诟病，新月的命运面临着重新审判。

《新月》是纯正的文学刊物，这也是符合徐志摩最初的办刊方针的。后来随着时局的发展，一个纯粹的文艺性刊物难以立足了，谁都无法漠视动荡的社会正乘着历史的风帆急速前进。渐渐地，《新月》也会时不时地刊登出一些社会科学方面的文章，社会的、政治的、道德的……文艺不再轻飘飘地束之高阁，而是紧紧地扼住现实的咽喉。

到了第二卷的第六、第七合刊时，还专门刊登了“敬告读者”文，明确表明《新月》今后想要涉足谈政治的主张，于是社会上许多人都异口同声地说：“新月谈政治了！”

《新月》月刊在文艺界众多仁人志士的维持下，经历了两个春秋的洗礼，这已经是巨大的进步。对于徐志摩来说，《新月》是徐志摩参与主编时间最长的刊物，的确是自己的事业生涯中又一巅峰。

好景不长，重重原因促发，《新月》的发展遇到了瓶颈期，其路向已难以把握。

1929 年 7 月，《新月》月刊第二卷五号发刊，这是徐志摩在任主编之职的最后一期报纸，徐志摩完成了对《新月》的历史使命，正式辞去了《新月》编辑职务。

《新月》对于徐志摩来说，有着十分特殊的意义。纵然暂时辞去

《新月》总编一职，但是他始终未曾远离新月，或为其提供诗文稿件，或为其提出宝贵建议，与其有着千丝万缕的联系。

时局动荡，当多数人都在为自己的生计安危着想时，有那样的一群人，却仍然为了《新月》月刊四处奔走努力，坚守最后的梦想阵地。

在艰难的困境下，《新月》一步步地在泥潭中踟蹰前行，走向窘境，《新月》的前途越来越渺茫。

1929 年，闻一多等一干人应杨金甫之邀前往青岛参加正在筹备中的国立青岛大学。胡适先生和徐志摩奔赴北京大学任教，而余上沅先生也很早就到了北平。新月派中的元老级的人物都纷纷离开，《新月》落到了罗隆基之手，渐渐失去了它的本质，曾经坚守的纯粹文艺也在现实大环境的熏陶下悄然发生改变，文学艺术的成分渐渐为政治讨论所取代，整个报刊充满了黑色紧张的政治气氛。这是新月同人们始料未及的事情。

书店在潘光旦的长兄潘梦翘先生的勉强支撑下不见起色，一切已然大势已去，无力回天。后来胡适先生最先提出了关闭新月书店的意见，得到众人同意后，便由胡先生出面与商务印书馆的王云五先生接洽，决定由商务印书馆出一笔钱（大约是七八千元）给新月书店，而新月书店的所有书籍一律移交给商务继续出版，所有存书一律送给商务印书馆。借助这笔款项，新月才得以填补亏空。

至此为止，新月正式宣布解散。

新月书店存办的这两年间，完成了极为重要的历史使命。正是因为新月书店的存在，今人才得以窥视胡适先生的《白话文学史》的风采，才得以在漫步于梁实秋先生的《浪漫的与古典的》《文学的纪律》等书中感受文学的魅力，才得以品读陈西滢先生的《西滢闲话》；而凌淑华先生的《花之寺》、陈衡哲先生的《小雨点》等小说亦是通过新月书店得以出版问世；徐志摩的《翡冷翠的一夜》《巴黎的鳞爪》《自剖》《卞昆岗》等文章均是在新月出版，为后人留下了宝贵的精神财富。这一系列有价值的文艺书籍，成为中国现当代文学史长河中熠熠闪光的璀璨星光。

《新月》月刊出版之后，不仅致力于原创诗文的发表，更致力于西方文艺的译介。为了纪念于 1928 年 1 月逝世的文学大家哈代先生，徐志摩曾经特意撰写《白朗宁夫人的情诗》一文，热情地赞颂了白朗宁夫人的真挚纯洁、感人肺腑的爱情。这些文字的记录和传播，推动外国文学在中国的影响，促进中西方文学的交流与成长。

从最初一个松散的友人聚会，到后来创办书店、出版书籍，再到后来《新月》月刊的成立，新月派的规模和影响越来越大。中间的种种周折和坎坷，全是一群新月人用双肩承担和克服。纵然最终的命运归于沉寂，然而，毕竟《新月》曾在历史上发挥了重要的作用。对于徐志摩来说，《新月》正是他灵魂中的那轮冉冉升起的“新月”。

第九章 诗海缱绻

保持我灵魂的自由

第一节 我不知道风是在哪一个方向吹

梁实秋先生曾说："把自己的生命和前途，寄托在对'爱、自由、美'的追求上，而'爱、自由、美'又由一个美艳的女子来做象征，无论如何是极不妥当的一种人生观。"天生为爱情而生的徐志摩永远存在于追求理想与美的状态中，所谓的爱情永远处于一种可望而不可即的圣洁高贵之中，一旦接触到实际，幻想归于破灭，又重新追求心目中的"爱、自由与美"。

无独有偶，1924 年徐志摩在北师大作完那场关于《秋叶》的演讲，当时正值他留学回国两年后，事业与感情上遇到了第一次低潮。相隔四年后的《我不知道风是在哪一个方向吹》，是徐志摩又一次经历了感情事业的种种挫败之后，不得已陷入了深深的痛苦与迷茫中的思索。

我不知道风

是在哪一个方向吹——

我是在梦中，

在梦的轻波里依洄。

我不知道风

是在哪一个方向吹——

我是在梦中，

她的温存，我的迷醉。

我不知道风

是在哪一个方向吹——

我是在梦中，

甜美是梦里的光辉。

我不知道风

是在哪一个方向吹——

我是在梦中，

她的负心。

我不知道风

是在哪一个方向吹——

我是在梦中，

在梦的悲哀里心碎！

我不知道风

是在哪一个方向吹——

我是在梦中，

黯淡是梦里的光辉。

（注：这首诗写于1928年，初载同年3月10日《新月》月刊第一卷第1号，署名志摩。）

在徐志摩的诗歌中，罗曼蒂克的气息迎面扑来，让人觉得叹为观止，又不禁感到真想从此沉浸在这诗歌所创作的梦境中死去，哪怕明明知道这一切终究是幻象。

志摩的一段话，倒颇可作为这首诗的脚注：

要从恶浊的底里解放圣洁的泉源，要从时代的破烂里规复人生的尊严——这是我们的志愿。成见不是我们的，我们先不问风是在哪一个方向吹。功利也不是我们的，我们不计较稻穗的饱满是在那一天。……生命从它的核心里供给我们信仰，供给我们忍耐与勇敢。为此我们方能在黑暗中不害怕，在失败中不颓丧，在痛苦中不绝望。生命是一切理想的根源，它那无限而有规律的创造性给我们在心灵的活动上一个强大的灵感。它不仅暗示我们，逼迫我们，永远望创造的、生命的方向上走，它并且启示我们的想象。……我们最高的努力目标是与生命本体相绵延的，是超越死线的，是与天外的群星相感召的……

这段话出自《“新月”的态度》，这里所说的“新月”的态度，是徐志摩最高诗歌理想的写照——恢复天性，回到生命的本真，从心所欲而不逾矩。这诗歌中所蕴藏的生命内核，并不是单纯为了雕饰诗情而故意矫揉造作为之。很明显，其中渗透着诗人的人生倒影。

结合着他的生命经历审视这梦一般的诗歌，似乎有一种独特的体味。

伟大的诗人是独特的，也是矛盾的，诗歌让他飞翔，爱情却又让他坠落。在追求爱情的道路上，他先是遭受林徽因的拒绝，本以为可以在陆小曼这里找到真正的爱的归宿，没承想，理想中的爱情与现实中的爱情相差甚远，一旦失去生活的注脚，爱情将一步步走向失望和堕落。

这种幻灭之感，已经预示着徐志摩悲剧人生的开始。

在徐志摩的心中，一直有一个不灭的上海情结。他与陆小曼的恋爱关系是在上海之行中发生了重大转折，然而后来却又是与陆小曼迁居上海之后，两人的婚姻关系开始出现裂痕。

隐隐地，他将这次婚姻的变故归咎于上海这座城市。或许若不是这繁华世事的诱惑，或许陆小曼会忘记以前的那个自己，跟自己重新过上幸福的生活。

早在 1927 年初，徐志摩就有了再出国的愿望。他期望到了欧洲能够换一种生活环境，换一种心态。徐志摩曾在 1927 年 1 月 7 日给胡适的信中提起：

你信上说起恩厚之夫妇，或许有办法把我们弄到国外去的话，简直叫我惝恍了这两天！我哪一天不想往外国跑，翡冷翠与康桥最惹我的相思，但事实上的可能性小到我梦都不敢重做。……只是叫我们哪里去找机会？中国本来是无法可想，近来更不是一个世界，我又是绝对无意于名利的，所要的只是‘草青人远，一流冷涧’。这扰攘日子，说实话，我其实难过。

处于上海这个夜夜笙箫、歌舞升平的大都市，陆小曼不健康的生活方式越来越严重。到了1928年，面对着日益紧张的夫妻关系，面对陆小曼的日益骄纵，徐志摩想要到国外换换空气的念头越发强烈了。他本打算力邀陆小曼一同环游，却遭到了陆小曼的断然拒绝。无奈之下，他便以思念国外的老朋友、想要去寻找泰戈尔为由，再次踏上了出国的旅程。

1928年6月15日，黄浦码头上微风习习，荡起海浪上层层涟漪，远行的轮船载着一颗颗归家似箭的心，临近码头，一声长笛的嘶鸣划破天际。

在众多归家的轮船中，独有一艘正准备远行前往欧洲，船头上有一人风度翩翩、相貌俊朗，这是他第三次也是最后一次出国了。豪华的加拿大皇后号邮轮，装修精美，金碧辉煌，徐志摩背对着熙熙攘攘的人群，孑然一身，面色沉黯，暗自思忖。

这次环球之旅，他准备经过日本横穿太平洋抵达美国，而后穿越大西洋到英国，最后到印度，最后再由印度回国。环球航行一周，是他自从早年异邦求学以来便心心牵挂的旧梦。

想起前次送泰戈尔归国时，曾顺便取道东瀛之国，如今再次踏上这座东方的岛国，已是几年之后，物是人非事事休，一切恍如隔世。初登岛国，正赶上繁花盛开的炎炎夏日，这般旖旎迷人的风光令人赏心悦目。可是再回想起在自己祖国发生的血雨腥风，很难与这绮丽美景相联系。

徐志摩不愿再留恋这伤痛之地，便决定继续前行，跨越浩浩荡荡的太平洋，前往美国的哥伦比亚大学。

漫步在哥伦比亚大学的校园中，重新抚触那些曾经的旧物，记忆喷涌而来。这里是哥伦比亚，是徐志摩最初了解西方文明的窗口，正是在这里，他看到了窗外璀璨多姿的世界。

遥想当年读书时，书生意气风发，指点江山，挥斥方遒。可如今的境遇，再也没有了当年英勇澎湃的豪情满怀。

曾经在哥伦比亚留学，但为了追慕大师的英名，纵然学业未就，年轻气盛的志摩毅然放弃博士学位，一路辗转到英国。此番周游美国之后，徐志摩又重新抵达了记忆中的浪漫之都伦敦。

抵达伦敦后，徐志摩首先来到英国南部德温郡的托特尼斯会见恩厚之，恩厚之正在此进行农村建设实验工作。早在 1925 年游欧时，徐志摩就想参观托特尼斯的达廷顿庄农村建设基地，但因急于要回国，未能如愿。此次徐志摩来到后，终于有机会得以弥补之前的遗憾。在恩厚之的热情接待下，徐志摩仔细地参观了达廷顿庄，万分兴奋；表示一定要把达廷顿庄的做法复制到中国去，向国人介绍这一农村建设基地。他期待着能够在江浙等地进行试验，实现自己早日在泰戈尔来华时未能实现的绿色之梦。

离开了达廷顿庄，徐志摩又辗转来到了曾经与林徽因相识相恋之所——康桥。河水轻柔，阳光窸窣，水底的清石依然纯洁如玉，那招摇的水草依然在水中轻轻漂荡。

重温昨日时光，那情人的欢笑还在耳畔，然而徐志摩已经不是六年之前站在河岸上那个终日里憧憬爱情的徐志摩了。人事沧桑，不堪回首！

经过岁月的沉淀，对于梦想，对于爱情，徐志摩有了新的感悟。故地寻梦，依然忘不了心底深处柔软的那一份思念。他沿着曾经走过的街道踟蹰，再一次去曾经的学府圣地感受知识的气息，去康桥追忆自己已经远逝的青春与爱情……徐志摩感到一种对于人生、对于世界的深深眷恋。

再一次会见好友，岁月荏苒，时间的刻刀都改变了人们曾经的模样。曾在人生十字路口的关键处给予自己极大帮助和指引的罗素先生，似与当年一样的热情和睿智，彻夜长谈，重温旧梦，感慨良多。

温故了魂牵梦绕的精神家园，徐志摩此行的另一番重要任务便是去印度拜会泰戈尔老人。分别多年，他希望自己在老先生有生之年还能有机会继续相见，再看一眼老人沧桑的笑容，再听一听老人的智慧之语，让自己的灵魂饱受精神的洗礼。

几年前老人的东方之旅，全仗徐志摩的悉心安排，这次徐志摩有机会来到印度，作为回报，泰戈尔先生做了十分精心的准备。

10 月 7 日，在泰戈尔老人的主持下，一帮印度朋友为志摩特意举行了以文会友的茶话会，盛情款待徐志摩的到来。会上泰戈尔老人亲自朗读了志摩的短诗《沙扬娜拉》，以示敬意。老先生苍苍须髯，声音遒劲有力，穿过时光隧道，仿佛又将自己的思绪带回到几年前的日本之行……

次日，恰值孔子先生的诞辰之日，正巧也是徐志摩与陆小曼两周年的结婚纪念日。原本安稳的心绪忽地又被勾起，婚姻失意的不快一点点氤氲开来。老人看出了徐志摩的心事，便特意安排徐志摩前往国际大学做了一次演讲，给印度的师生们讲解中国的孔夫子之事；一来让印度的学子认识一下这位中国大名鼎鼎的诗人，二来也希望能够通过这种方式，让徐志摩暂且抛却烦恼丝，排遣心中的忧愁。

在印度最后的日子里，徐志摩参观了由泰戈尔老先生构思、在恩厚之夫妇帮助下建成的印度苏鲁农村建设的实验基地，看到基地中一派井然有序、欣欣向荣之景，徐志摩叹为观止。对于老人这种在文学理论之外致力于农村生活实践、造福于平民的思想举措，徐志摩深感佩服。他在给恩厚之的信中这样称赞道：

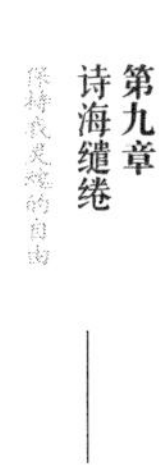

我的心真是充满光明、钦仰和希望。从今以后，我能遥指英伦的达廷顿和印度的山迪尼基顿，点明这两个地球上面积虽小，但精神力量极大的地方，是伟大的理想进行不息，也是爱与光明永远辉耀的所在。

达廷顿是我所认识的通往人间乐园最快的捷径。大自然对达廷顿十分仁厚，而你用爱作事业的推动力。结果就一定有超凡的成就，正如纯然美的诗歌，其中毫无聒耳的噪音。

徐志摩忽然意识到，这不正是他苦苦追求的“自然、美与和谐”吗？

依依惜别了泰戈尔先生和他的一众好友，徐志摩踏上了返回上海的旅途。

客轮在海浪中起伏摇晃，甲板上的徐志摩感到万分孤独，他紧了紧身上的衣服，夜风还是毫不留情地渗透体内。不知此时的陆小曼是否依然沉浸在歌舞升平的欢愉中？此次历时半年的环球之旅，徐志摩不断地跟新交故侣共相欢叙，他在一点点地捡拾着记忆的珍珠，又似乎在一点点地与曾经的生活告别，这场告别仪式如此盛大，以至于让人浮想联翩，难道这样的经历是有什么预兆吗？

第二节 在星辉斑斓里放歌

轻轻地我走了，

正如我轻轻地来；

我轻轻地招手，

作别西天的云彩。

那河畔的金柳，

是夕阳中的新娘；

波光里的艳影，

在我的心头荡漾。

软泥上的青荇，

油油的在水底招摇；

在康河的柔波里，

我甘心做一条水草!

那榆荫下的一潭,
不是清泉,
是天上虹;
揉碎在浮藻间,
沉淀着彩虹似的梦。

寻梦?撑一支长篙,
向青草更青处漫溯;
满载一船星辉,
在星辉斑斓里放歌。

但我不能放歌,
悄悄是别离的笙箫;
夏虫也为我沉默,
沉默是今晚的康桥!

悄悄的我走了,
正如我悄悄的来;
我挥一挥衣袖,

不带走一片云彩。

与林徽因的康桥之恋一直是徐志摩心头最柔软的痛，此番欧洲之游将徐志摩重新带回那段难忘岁月。如今一首《再别康桥》重续旧话，重新回想起林徽因的突然离开让自己一人赤裸裸地置身世间的时光，无可改变的既定结局，只能借以对往昔生活的甜蜜回忆，通过诗歌委婉而又含蓄地表达出来。

夕阳余晖沐浴下的金柳，是荡漾在志摩心头的艳影；河水里自由自在的水草，竟成了他心心所向之梦想，潭水清澈见底，霞光掩映怜惜地摆弄着自己的倒影。彩虹似的梦美丽而短暂，自己的爱情在现实面前总是面临着重重考验，回忆起往昔的种种，理想很丰满，而现实却是如此的骨感，无从改变的历史，带给今人的只能是哀伤。唯有继续怀揣着希望踏上新的征程，悄悄地告别过去，悄悄地告别承载着无数欢乐忧愁的康桥，在这样低沉而静谧的氛围里，沉默是最好的仪式，于无声之处，延展出无限的情感遐想。

春日暖阳，夏口芬芳，初秋黄昏的黯然，冬口清晨的私语，每时刻的康桥都展现出其独特的风采。缠绵的情谊，轻盈的思绪，缓缓地延绵在康河的柔波里，在淡淡哀愁的熏染下，蕴含着虔诚学子寻梦的蛩音。

与林徽因的这段记忆已经过去，唯有深深地埋藏于心底。在徐志摩离开上海的这段时间，他心心念念牵挂着的全是自己的爱妻陆小曼。

在环球航行的路途中，徐志摩不停地给陆小曼写信，将每一地的所见所闻都悉数与小曼分享。文字的空间有限，志摩绞尽脑汁，想象着如何能够叙述得更加生动形象些来引起陆小曼的兴趣。

而更重要的，自然是每封信上必附上千般叮咛万般嘱托，“千万保重，处处加爱”，要振作精神，不要再沉迷于一些不健康的生活方式。

这般说教，对于陆小曼来说简直是家常便饭。本以为徐志摩走后，自己可以耳根清净，沉浸在娱乐的天堂中肆意妄为，没承想在这些定期的信件中，依然难逃这些闲言碎语。陆小曼并没有把这些当作爱或者是关心，而是将其视为束缚，对她的自由的束缚。陆小曼与徐志摩，已经越走越远了……

归沪的客轮缓缓泊港，经历了此次出行，徐志摩更加热爱自己的祖国。情人许久未见，自然十分想念。徐志摩翘首盼望，码头上静候的人群中始终没有陆小曼的身影。或许，对于陆小曼来说，她的应酬酒会是比为徐志摩接风洗尘更加重要的事情。

原本欧洲之行的目的，是为了让陆小曼与徐志摩激烈爆发的争吵能够趁此冷却下来。两人都认真地思考一番，对两人的关系做重新的审视与评价，徐志摩期待着爱的力量的改变，这次回来能够看到一个崭新的陆小曼，一个不再沉溺于声色犬马之欢的陆小曼。

然而现实给了他重重一击，原本满腔热忱的徐志摩顿时心凉了半截，犹如被人当头浇了一冷水。在他旅欧的这半年，陆小曼的放纵和骄横非但没有收敛，反而变本加厉；翁瑞午整日里与陆小曼混迹在一起，而社会上关于两人的谣言四处传播。当时徐志摩的离开，正是一个好机会，可以让两人无忧无虑地继续在一起享乐了。

面对此情此景，徐志摩的内心感到无比痛苦：

……我决意去外国时是我最难受的表示。但那时万一希冀是你能明白我的苦衷，提起勇气做人。我那时寄回的一百封信，确是心血的结晶，也是漫游的成绩。但在我归时，依然是照旧未改；并且招恋了不少浮言。我亦未尝不私自难受，但实因爱你过深，不惜处处顺你从着你。也怪我意志不强，不能在不良环境中挣出独立精神来。

上海，这座伤心之地，这座陆小曼始终不愿走的地方，也是徐志摩魂牵梦萦之所。在这里，志摩一如既往地痛苦生活，满耳流言充斥着小曼的不贞，而小曼依然故我地过着声色犬马、夜夜笙箫的生活。在这种伤心之境下，一个突如其来的消息，更是让徐志摩惊得哑口无言，跌坐在地。

徐志摩的恩师梁启超先生病重！

心急如焚的徐志摩，立刻北上到达北京，去看望恩师梁启超先生。病床上的老人，蜷缩一团，瘦骨嶙峋，双眸紧闭，眼窝凹陷，梁启超先生曾经矫健挺拔的身姿仍在眼前，爽朗有力的笑声犹在耳畔，不过几年的时间，为何如今已全然判若两人？

岁月无情地压弯了老人的身躯，在他的脸上刻上了累累皱纹。床榻之前，当徐志摩得知梁启超先生已经病入膏肓时，不仅涕泗横流，悲不自禁……

遥想当年，自己还是一个不谙世事的少年郎，全凭恩师的悉心教诲和指导，才得以了解大千世事的精彩，能够在知识的海洋中自由翱翔。多少次，在自己人生至关重要的转折点上，梁启超先生总是以实言相劝，一阵见血地指出徐志摩的不足之处，希望能为经验尚浅的徐志摩指一条明路。这么多年过去了，梁启超先生不仅是徐志摩的学问和人生导师，更是徐志摩做人立事的楷模。

一日为师，终身为父。回忆着以往的点点滴滴，徐志摩感到一种从未有过的悲戚……

徐志摩也见到了从美国赶赴回来照顾梁启超先生的林徽因，此时林徽因已经是梁启超的儿媳。1924 年 6 月林徽因奔赴美国留学学习美术后，与徐志摩联系甚少。直到后来听到林徽因的消息，才知道她已嫁作人妇，早在 1928 年 3 月便与梁思成结为连理。蜜月旅行回国后，林徽因一直在东北大学担任建筑系教授。

不几日，梁启超先生的病情越来越严重，医院连下几次病危通知书，情况非常不容乐观。1929 年 1 月 19 日，梁启超先生与死神的博弈终究以失败而告终，梁先生与世长辞。巨大的悲痛笼罩着志摩，他多想时间倒流，再抓住恩师的双手，与他道一道这么多年以来的辛酸悲苦。梁启超的身体一点点地冷下去，血液在凝固，徐志摩看见曾经再熟悉不过的梁启超先生一点点地消失在历史的尘埃中。

在恩师的悼念活动中，徐志摩竭尽所能筹划各种纪念的仪式以缅怀这位令人钦佩的长者。他积极联络胡适、梁实秋等人，以《新月》第二卷第一期为梁启超先生特意出版专刊。先生的学问福泽万世，其人格更是普照千载。梁启超先生大量的译著得以出版，以告慰先生的在天之灵。

一个诗人必定有一颗对于苦难或是美丽更加敏感的心，经历过这一系列挫折的洗礼，徐志摩渐渐顿悟，跟随着周围的人与事一起成长……

第三节

有一种天教歌唱的鸟不到呕血不住口

1931年8月，徐志摩的《猛虎集》由新月书店出版，这是徐志摩在经历生命沉淀之后，再次用文字表露心迹。

34首原创诗歌和7首译诗，凝聚了徐志摩几年的心血。不同于《志摩的诗》中的温温细语，在当时侵略势力虎视眈眈、牵一发而动全身的紧张时局下，一个心怀民族志勇之士再也无法做到无动于衷了，感于心而发于言，《猛虎集》成了徐志摩抒发心中沸腾豪情的喷泄口，一个“金刚怒目式”的徐志摩跃然纸上。然而阴差阳错，《猛虎集》也成了徐志摩的最后一部诗集。

一转眼，十年光阴弹指一挥间。徐志摩的第一本诗集《志摩的诗》是他十一年前从欧洲留学归来后用

了两年的时间写成的。正值青春的年纪，诗人脑袋里充满了想象，才情像山洪暴发一样，肆意流淌；各种或是成熟或是不成熟的意念在文字间化作缤纷的花雨。

那时的文字没有诗歌的绝对技巧或规则，只是追求感情的铺排和释放。或许带着些许初生牛犊不怕虎的幼稚，却也充满了无比的壮志与豪情。

早期的徐志摩是无法复制的，取而代之的是《翡冷翠的一夜》中的徐志摩。后来随着新月派的发展，徐志摩得到了与其他诗人切磋交流的机会，这五六年来，他的诗多多少少都会受到闻一多的《死水》影响，他那狂傲不羁的笔触在闻一多谨严的秩序中才醒悟到自己的野性，学会了“理性地节制”，从容地写诗。

当新鲜出炉的《翡冷翠的一夜》诗稿呈送给闻一多看，闻一多不禁赞道“这比《志摩的诗》确乎进步了——一个绝大的进步。”那段时期，的确是徐志摩诗学钻研的腾飞时期。

曾经《志摩的诗》和《翡冷翠的一夜》中原本就游移不定的现实意义，在迷惘和无奈中变得更加脱离现实，心灵的世界似乎成了生活的中心，无论怎样的挣扎和奋斗，都不能成真。徐志摩在追逐理想的世界中走得太远太远了……

《猛虎集》的出版，让人们更加深入地认识了徐志摩。

后来徐志摩的生活又由平静转为动荡，这些枯窘的生活、近乎干涸的灵感，推动着诗歌的产量也尽“向瘦小里耗”。幸而后来相识好友的鼓舞、这世界的光影变化，似乎重新催动了久蛰的诗灵，在黑暗的世间，他正在寻找一点复活的机会。

作者曾在序文中说原本那时的创作状态“简直到了枯窘的深处”，才思枯竭，灵感流失，这是对于一个诗人来说最可怕的事情。然而，“久蛰的性灵”无意间又被“摇活”了。此时的徐志摩基本放弃了在现实中寻找诗歌的立足点，转而寻向“灵性”的挣扎；在徐志摩的心中，灵性才是诗歌创作中的首位因素，成为“一刹那间灵感的触发”与“情感的跳跃”，成为那单纯的、缥缈的旋律。

在《猛虎集》中收录了徐志摩的众多著名篇章，内含着丰富的表现内涵。

“在妖魔的脏腑内挣扎，头顶不见一线的天光，这魂魄，在恐怖的压迫下，除了消灭更有什么愿望。”在《生活》中作者站在黑暗与光明的分界线上接受考验，除了迎头向前，接受黑暗赠予的挑战，再别无选择。黑暗给了人黑色的眼睛，人类也理应用来寻找光明。

“寻梦？撑一支长篙，向青草更青处漫溯；满载一船星辉，在星辉斑斓里放歌。但我不能放歌，悄悄是别离的笙箫；夏虫也为我沉默，沉默是今晚的康桥！”这样唯美动人的自述凝聚了构思的精巧新颖、语言的通俗简练以及意境的深邃超脱，《再别康桥》可以说是抵达了诗人创作生涯中的高峰。

在《我不知道风是在哪一个方向吹》一诗中，作品中的“我”是始终沉浸在梦里的，梦的光辉让人迷醉，梦的悲哀让人心碎。这也正是大部分《猛虎集》中的诗篇体现出的飘忽空灵之美。

陈梦家在《纪念志摩》一文中谈道："洵美要我就便收集他没有入集的诗，我聚了他的《爱的灵感》和几首新的旧的创作，合订一本诗——《云游》。想起来使我惶恐，这曾经由我私拟的两个字——云游，竟然作了他命运的启示。"

徐志摩在《猛虎集》序中诚恳地讲了关于荆棘鸟的神话："我再没有别的话说，我只要人们记得有一种天教歌唱的鸟不到呕血不住口，它的歌里有它独自知道的另一个世界的愉快，也有它独自知道的悲哀与伤痛的鲜明；诗人也是一种痴鸟，他把他的柔软的心窝紧抵着蔷薇的花刺，口里不住地唱着星月的光辉与人类的希望，非到他的心血滴出来把白花染成大红他不住口。他的痛苦与快乐是浑成的一片。"

在《猛虎集》之后的《云游》一诗中所阐述的是一种更为复杂的情感体验——对生命不圆满的忧伤、对自由逍遥境界的向往、对沧桑世事不可预知性的喟叹……徐志摩的诗歌正在走向一个更加渺远的地方。

痛并快乐着，在快乐中疼痛，正是徐志摩诗意的写照。

第十章 乘风归去

作别西天的云彩

第一节 那天你翩翩的在空际云游

《云游》

那天你翩翩的在空际云游，
自在，轻盈，你本不想停留
在天的那方或地的那角，
你的愉快是无拦阻的逍遥，
你更不经意在卑微的地面
有一流涧水，虽则你的明艳
在过路时点染了他的空灵，
使他惊醒，将你的倩影抱紧。
他抱紧的是绵密的忧愁，
因为美不能在风光中静止；
他要，你已飞渡万重的山头，
去更阔大的湖海投射影子！

他在为你消瘦，那一流涧水，

在无能的盼望，盼望你飞回！

1931年，徐志摩写下了《云游》一诗。循着《再别康桥》《沙扬娜拉》的步调缓缓向前，轻盈的抒情风格自然延续。人们很自然地看到云游中的“你”不经意间就点燃了“他”的性灵，惊醒了的“他”将“你”的倩影抱紧；然而拥抱的却不是爱情，是绵密的忧愁，是追随你前行的消瘦。可望而不可即的“美”永远在跳动，“他”永远在追，无尽的盼望越过万重的山头，盼望着飞回，盼望着飞回，却难以成真！

一溪流水在期盼中等待着云游常驻心头，然而对于云游来说，不断地漂泊与追寻才是最终的归宿，一腔心愿唯有付诸岁月的等待。在这类可望而不可即的缥缈诗情里，徐志摩以优美的想象和空灵优美的意境感染着人们，在与人生的理解和生命的把握中时时透出的希望与信仰让人沉浸在艺术的世界中感受着真正的美的熏陶，而闪耀在这爱、美与自由的单纯世界中的《云游》是一颗不可忽视的明珠。

此时的云游已然大不同与往昔的惆怅哀怨之调，这“翩翩的神通”似乎在昭示着阴郁之后更加湛蓝的万里晴空，在那里，没有怀疑，没有颓废，有的只是心中早已存在的幸福与信心的允诺。这种达观与开朗是在徐志摩的诗歌中少见的，不可否认，这种自信与其在事业上的成就——《诗刊》的创办——休戚相关，这就不得不追溯到四年前的从教之旅。

1927年秋日，在开办新月书店、筹办新月月刊的同时，徐志摩应上海光华大学的邀请，受聘为光华大学的教授，教授英美文学等课程，同时在东吴大学法学院做兼职教授。

在光华大学的英国文学系，徐志摩充分发挥出当年的留学英美积攒的才能，思想活跃，知识渊博，上到天文下到地理，中外古今无所不知无所不晓，风趣幽默的讲课方式让学生们甚是喜欢。

他当时的得意学生之一赵家壁后来在回忆《徐志摩和〈志摩全集〉——纪念诗人逝世50周年》中回忆自己恩师徐志摩先生讲课的风采，犹然历历在目：

> 他踏进课堂，总是把隐藏在他长袍袖底的烟蒂偷偷地吸了最后一口，向门角一丢，就开始给我们谈开了。他有说，有笑，有表情，有动作；时而用带浙江音的普通话，时而用流利的英语。真像是一团火，把每个同学的心都照亮了……

师承梁启超先生的衣钵，徐志摩先生又重新拾起教鞭，将平生所学教于自己的学生。

遨游在莎士比亚、歌德、雪莱的世界中，徐志摩似乎与学生们一起沉浸在诗歌的海洋中，教学相长，不得不承认，此时的徐志摩是快乐的，是满足的。

到了1929年，生活陷入拮据的徐志摩不得不将更多的精力投向

教书事业，用以谋生。单在上海就有光华大学和大夏大学，等待下半年还有奔赴南京中央大学教授文学，在上海、南京两个城市之间，兼任三所大学的课程，“我这一年来专做教书匠，作品绝无仅有……我因为年来绝少创作，心里总不自在。上海的生活实在于我不相宜。”

一个偶然的机会，希望的喜悦突然降临，暂且得以缓解这“心中的不自在”。徐志摩重新拾起心中的梦想。

1930 年秋天，黄叶飘零，寒风瑟瑟。南京中央大学的诗人、同时也是徐志摩学生的陈梦家来到上海，与老师叙谈，将自己与同辈方玮德、方令孺等一帮年轻人想共同创办诗刊的想法告诉了徐志摩。志摩望着学生眼中充满青春稚气的激情与渴望，忽然想起了自己年强时第一次跟老师梁启超说起自己梦想的情景。

此时徐志摩已经脱离《新月》，自己的学生又提出了如此愿望，作为老师，没有理由不给予支持和帮助，正是由此，一份承载着青年一代梦想的纯粹文学刊物《诗刊》应运而生。

一方面，徐志摩凭借着以往的人脉写信联系他曾经的诗友，在当时写给梁实秋的约稿信中，特别说道：“《诗刊》以中大新诗人陈梦家、方玮德二子最为热心努力，近有长作也颇不易。我辈已属老朽，职在勉励已耳。只能撰文，为之狂喜，恳信到即动手，务于（至迟）十日前寄到。”

另一方面，《诗刊》还未问世，徐志摩就做足了大量的舆论宣传准备工作。他在《新月》月刊上提前刊载了一个个预告：

四年前我们在北京晨报出过十一期的诗刊。这四年内文学界起了不少的变化，尤其是理论方面。诗却比较的冷静。有人甚至怀疑新诗还有任何的前途。我们几个诗刊的旧友想多约几个对诗有兴味的新友再来一次集合的工作，出一个不定期的诗刊，创作当然最注重，理论方面的文章也收，看看新诗究竟还有没有前途。我们已约定的朋友有朱湘、闻一多、孙子潜、饶子离、胡适之、邵洵美、朱维基、方令孺、谢婉莹、方玮德、徐志摩、陈梦家、梁镇、沈从文、梁实秋诸位，盼望陆续更有多多相熟与不相熟的朋友们加入。

1931年1月20日，在众多文学界同仁新生的帮助下，《诗刊》终于与世人见面，徐志摩重又在诗歌中感受到无比的兴趣和自信，他希望诗界的朋友“再来一次集合”，共同努力，再创诗坛上的辉煌。

平静的日子总是短暂的，很快，徐志摩的生活又发生了新的转变。

时局动荡，各派力量极尽各种方法争夺势力范围。1930年冬天，光华大学的部分特务学生在国民党当局的唆使下，发动了著名的学潮运动。校园内外人心惶惶，严重地影响了学校正常的教学秩序。校方为了主持正义，临时组织了由教工职员组成的七人校务执行委员处理此事，学潮中的闹事头目立即被开除。

这一决定必然得罪了上海的国民党当局势力。而天性热爱自由、不畏强暴的徐志摩在这场学潮中表现得立场鲜明，大义凛然，亦是校务执行委员之一。经历了这场学潮，徐志摩已经有所预感，在光华大学的事业前途不得不终止了。

不久，徐志摩接到好友胡适的邀请，离开光华大学的徐志摩恰好有机会抽身，于 1931 年春天，前往北京大学英文系任教，兼任北京女子大学教授，同时，仍兼任上海中华书局、大东书局的编辑一职，在北京与上海之间两地奔波劳碌。

在徐志摩前往北大执教后，课余之时，他仍致力于《诗刊》的编辑。在新诗与旧诗的论战中，只出了四期的《诗刊》虽然持续时间短，影响也不比当年的《诗镌》，却在中国新文学史上留下了浓墨重彩的一笔。

事实上，离开光华大学，离开上海，对于徐志摩来说或许是一次难得的转机。婚姻生活的苦闷，成了徐志摩心中越结越紧的结，越发折磨着志摩的灵魂。他强烈地意识到要拯救自己的诗灵，要规范自己的内心，这十里洋场的上海绝对不是诗人精心创作的地方。他在努力地摆脱困境，努力地寻找希望。同时，也希望可以借此机会让陆小曼远离上海夜色的诱惑，换一种生活环境，开始一种新的生活。

第二节 多少前尘成噩梦

传说中有一种鸟儿，它一生只唱一次歌，那歌声比世间一切生灵的声音都更加美妙诱人。从离开巢穴的一瞬，它便开始寻找荆棘树，便在那荒蛮野岭上绽开嘹亮的歌喉。在追寻梦想的道路上，它从来不肯停止脚步，唯有找到，才能停息，而停止之日，亦是它必死之时。

徐志摩第一次听到这个故事的时候，就被深深地感动了。对于梦想、对于事业、对于爱情，志摩的选择也应该是如此吧。这个完美主义者眼中的执着与坚守，让人感到有些执拗，却又不得不肃然起敬。

《猛虎集》出版之后，徐志摩迎来了事业上新高峰；至于爱情，他和陆小曼之间的感情的疏离却让他万分痛苦。结婚还未过三年之痒，久别见面的两人早已失去了往日的激情；很显然陆小曼是不想局限于婚姻的围城之中，她像一只渴望自由太久的鸟儿，极力想要挣脱牢笼自由地展翅遨游。

徐志摩能想到的改善两人之间关系的方法，便是搬家。他一直敦促着陆小曼尽早处理好上海的事情，跟随自己一起来到北京：

我每天每夜都想你。一晚我做梦，飞机回家，一直飞进你的房，一直飞上你的床，小鸟儿就进了窠也，美极！可惜是梦。想想我们少年夫妻分离两地，实在是不对。但上海决不是我们住的地方。我始终希望你能搬来共同享些闲福。北京真是太美了，你何必沾恋上海呢？

然而，不论如何，陆小曼总是能够找到理由搪塞过去。

于是徐志摩决定来个先斩后奏，先去找到房子，然后再与小曼商量着来京之事。

9 月 30 日，徐志摩应王叔鲁之约，与张慰慈一起去北京什坊院看房子。“房子倒是全地板，又有澡间，但院了太小，恐不适宜，我们想不要。并且你若一时不来，我这里另开门户，更增费用，也不是道理。”这里的房子自然比不起上海洋楼里的豪华精致，而陆小曼又流连于上海，迟迟不肯搬来北京，夫妻异梦的选择是徐志摩最不愿意看见的。

此时的徐志摩心绪萧索，在光华大学学潮发生后，便从光华大学离开，于 1931 年春天，前往北京大学任教，此后，就一直如此。陆

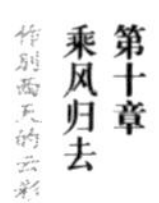

小曼在上海，而自己的工作在北京，双方都调和不得，徐志摩只能在两地之间奔波。

他——

今晚的月亮象她的眉毛

这弯弯的够多俏！

今晚的天空象她的爱情，

这蓝蓝的够多深！

那样多是你的，我听她说，

你再也不用疑惑；

给你这一团火，她的香唇，

还有她更热的腰身！

谁说做人不该多吃点苦？——

吃到了底才有数。

这来可苦了她，盼死了我，半年不是容易过！

她这时候，我想，正靠着窗，

手托着俊俏的脸庞，

在想，一滴泪正挂在腮边，

象露珠沾上草尖：

在半忧愁半欢喜的预计，

计算着我的归期：

啊，一颗纯洁的爱我的心，

那样的专！那样的真！

还不催快你胯下的牲口，

趁月光清水似流，

趁月光清水似流，赶回家，

去亲你唯一的她！

这首《两地相思》温柔似水，掺杂着点点情人相见欲不能的忧愁，唯有分离两地的人共望一轮天际明月，这清皎的月光粘连起两颗破碎的心灵。这也正是作者爱情的写照——

期望的越多，得到的失望也会越多。徐志摩是生在梦里的诗人，然而现实的尘埃正在将他一点点埋葬，他感到一股莫名的疲累席卷心头。

他累了，他多么想能从现实中找到安慰，多么想暂时逃离这一切，回到梦的余晖里去。一切，离结束应该不远了……

1931年徐志摩给陆小曼信中说道：

至爱妻眉：今天是九月十九，你二十八年前出世的日子。我不在家中，不能与你对饮一杯蜜酒，为你庆祝安康。这几日秋风凄冷，秋月光明，更使游子思念家庭。又因为归思已动，更觉百无聊赖，独自惆怅。遥想闺中，当亦同此情景。今天洵美等来否？也许他们不知道，还是每天似的，只有瑞午一人陪着你吞吐烟霞。

……

轻轻地唤一声“爱眉”，再也难以抚平往昔的伤痕；欲恨不能，欲爱不得。

这封信是徐志摩给陆小曼写的最后一封信，命运难料，谁能知晓前面的道路将有什么样的祸福降临。

第二节 我坟上不必安插蔷薇

在《猛虎集》序言里，徐志摩说了一段颇带伤感但又耐人寻味的话：

> 一切的动、一切的静，重复在我眼前展开，有声色与有情感的世界重复为我存在，这仿佛是为了挽救一个曾经有单纯信仰的流入怀疑的颓废，那在帷幕中隐藏着的神通又在那里栩栩的生动，显示它的博大与精微，要他认清方向，再别走错了路。

这番自白似乎是经历了一生的大苦之后的皈依，皈依纯净的灵魂国土。不知是冥冥注定还是偶然巧合，在此后不久，徐志摩竟然真的永远地告别了这个世界；一切来得太突兀了，以至于人们来不及反应，来不及

接受，这晴天霹雳就猛地一声炸响。

1931 年，徐志摩正好 35 岁。

而立之年，正是一个男人大展宏图、开拓事业疆域的最好时机；对于徐志摩来说，诗人的才华初露头角，人生最精彩的篇章才刚刚撰写，谁又能料到，难道就在这一年，所有的结局都已经被打开？

1931 年“九一八”前夕，东北的火药味越来越浓，连天的烽火渐渐弥漫到华北，越发猛烈。各派势力之间你争我夺，国家形势剑拔弩张。

这个春天，国家多灾，林徽因也在遭受着疾病的侵扰。徐志摩听到这个消息，作为朋友自然十分担心。后来林徽因到空气清新、风景宜人的香山修养了一段时间后，身体状况渐渐好转，事业上的各种工作又重新着手处理。

下山那天，徐志摩、沈从文、温源宁等人陪同梁思成先生去为林徽因接风，酒宴设在北京图书馆旁一处小餐馆中。大病初愈的林徽因犹带病容，却难掩神采奕奕的喜悦神色。徐志摩甚是为老友高兴，不觉在席间豪饮畅谈，把酒言欢。

这么久以来，徐志摩难得真正地放松一回，忘却那些心事的烦扰，好像又重新回到了弱冠之年时候单纯快乐的自由时光。

一直以来，徐志摩过得并不如意。

母亲病逝的消息犹如霹雳一般传入耳畔，惊得徐志摩手足无措。他从来没有想到自己挚爱的母亲会如此突然地离开自己，曾经因为与张幼仪离婚让母亲操尽了心思，而他不顾父母的百般阻挠，最终坚持与陆小曼结婚之事也深深地伤害了母亲的心。父母一怒之下离开硖石去到北京，自己也一直没有机会能够亲力亲为，竭尽孝道。后来坚守心中所念，与陆小曼结婚后不久生活便出现了各种各样的问题，又让母亲担尽了心思。自己的一生，没能真正能为母亲做些什么，反而一直在理所当然地接受着母亲给予自己的无私付出。

这位江南水乡的小脚女子，用柔弱的肩膀扛起了徐家大半个天下，用一个中国传统妇女的勤奋和谨严，相夫教子，任劳任怨……

如今母亲已然归天，徐志摩才幡然醒悟，自己一直以来在不断地向前奔跑的路上到底失去了多少所得，漠视了多少真正关心自己的人。但忽略的美好再也回不去了，那些零落的旧时光洒落了一地，再也捡拾不起。

徐志摩南归为母亲奔丧，母亲的音容笑貌似乎还未走远，殡仪堂前的那一张照片，恰是她最爱的一张，若不是那大大的“奠”字，徐志摩绝不相信母亲已经永远地离开了自己。

在为母戴孝的过程中，发生了一件并不愉快的小插曲。年迈的父亲坚决不同意前来吊唁的陆小曼为徐母戴孝，这就意味着徐父根本不承认陆小曼为志摩之妻的名分。原本徐志摩已经是悲恸万分，这一番周折让志摩更加烦躁，便与父亲发生了激烈的争执，最终不欢而散。

亲情的离弃，让徐志摩倍感凄凉；而从陆小曼那里，徐志摩也没有感到爱情的幸福和温暖。

陆小曼算是彻底迷失在上海的都市夜生活之中了，无论徐志摩怎样苦口婆心地说教，她始终不肯从中挣脱，反倒是像深陷泥沼一般无法自拔。无论他是好言相劝或是气愤掷言，陆小曼都丝毫没有想要跟随徐志摩离开上海的意愿。

陆小曼骄横个性让徐志摩越发难以容忍，两人之间经常为了琐事发生激烈的争吵。

在北平，他尚且委身在米粮胡同四号的胡适家中，多亏了胡适先生与其妻子江冬秀夫人的照顾，徐志摩在北平也算有了一个落脚的地方。

有一次，他前往燕京大学看望女诗人冰心，与冰心聊起旧事，他毫不犹豫地拿起笔来写道："说什么以往，骷髅的磷光。"冰心一惊，随即反应过来，徐志摩过得并不算好。

思绪重新飞回到林徽因的接风宴会，熙熙攘攘的人声鼎沸，到处都是笑声和谈论声，热闹是他们的——徐志摩怅然地想到这句话。

宴会结束后，徐志摩与林徽因告别："过几日我回上海一趟，如果走前没有时间来看你，今天就算给你辞行了。"

林徽因微微一笑："十一月十九日晚，我在协和小礼堂，给外国使节讲中国建筑艺术。"徐志摩很是高兴，答应一定按时赶回来，做忠实的听众。

这不过是最简单不过的一次晤面，三言两语之后互相道别，谁都没有料到这一次的见面后竟然是生死相隔的永别。

徐志摩一直铭记着与林徽因的这次承诺，无论如何，他都要履行自己对林徽因许下的诺言。

1931 年 11 月 18 日凌晨，徐志摩匆匆起身，赶往火车站，最近几日天气不佳，已经连续几日不见阳光，阴霾之中常常给人压抑之感，仿佛是一种不祥之事的暗示。徐志摩打算先坐火车由上海抵达南京，而后再从南京乘飞机转北平，极力争取能够赶得上林徽因的讲演。

到达南京之后，天气依然如故，丝毫没有好转的迹象。有人劝阻徐志摩不如避开恶劣天气乘火车前往，不过徐志摩考虑到林徽因的讲演时间紧迫，他不想让朋友失望，便坚持乘飞机前往。

一直等到 19 日，天气好转之后，徐志摩终于登上了中国航空公司的“济南号”邮政班机由南京飞往北平。徐志摩喜欢飞翔的感觉，在漫无边际的天空中追逐着自由。他曾经在散文《想飞》中写过：

> 飞上天空去浮着，看地球这弹丸在太空里滚着，从陆地看到海，从海再看到陆地。凌空去看一个明白——这才是做人的趣味，做人的权威，做人的交待。

上午 8 时许，飞机像往常一样在隆隆的轰鸣声中飞离了地面，一道美丽的弧线很快消失在天际。这架邮政班机主要是是运载邮件所用，机上所装载的除了四十多磅的邮件以外，便是年龄均为 36 岁的飞机师王贯一、副机师梁壁堂，以及同样年纪的唯一乘客徐志摩。

飞机平稳地飞向高空之后，一切都在按部就班地运行。世事难料，造化弄人，谁都没有想到，就在飞机飞行到党家庄一带的时候，原本晴朗的天气突然变脸，漫天大雾凭空而降，把飞机团团围住。这突如其来的变故让机师们难以辨认前行的航向，为了寻觅航线，飞机不得不降低飞行高度，探索着可能的路线。窗外气流剧烈的摇动，机舱内摇摇晃晃，一种不祥的预感强烈地席卷了所有人。

砰的一声，处于迷雾中的飞机如同失去了双目的狂躁者直冲着开山山顶撞了过去，飞机的油箱当即破裂，机油像是终于挣脱了油箱的束缚，疯狂四溢，随即机身背后燃起了巨大的火苗，直直地朝着大地俯冲了下来。

这一切仿佛是一瞬间发生的事情，谁都来不及再去回顾；这一切又仿佛穿越了几千年的时间，凝固了时空。熊熊烈火像是猛兽一般在飞机俯冲的时候将其吞噬，不留活路。巨大的飞机残骸坠落在山脚，当地人惊得目瞪口呆。

待到人们赶来时，机上的两名的飞行师已经被烧成了黑色的焦炭，掩映在飞机残骸中，十分恐怖。徐志摩的座位相对靠后，仅有衣服着火，皮肤灼伤也只是一部分而已，受伤较轻，然而在他的额头处被撞开了一个大洞，成为致命的创伤。

救难的人群来回穿梭，他静静地躺在地上，身体慢慢地僵硬，在他生命的最后一刻，他一个人孤孤单单地走完了全程……

徐志摩走了，带着他的超凡脱俗的诗情永远地离开了这个世界。

此时的林徽因还全然不知，她在耐心地等待着徐志摩的到来，她知道志摩从不是言而无信之人，无论如何都会信守两人的约定，来到礼堂做自己最忠实的观众。

演讲以一场热烈的鼓掌拉开了帷幕，林徽因款款走上了讲台，微笑着与大家示意，她不经意间抬眼望了望徐志摩座位的那个方向，空空如也，林徽因的心中有些许的不安。

笑容重新爬上她的面庞，那标准的牛津音如同潺潺溪水一般流入在座人的心扉。

任她的演讲如行云流水，精彩动人，可徐志摩依然没有来。

上午徐志摩曾经从南京特意打来电话说好他将搭乘“济南号”飞机到北平，下午三点派车到南苑机场去接他，然而现在已经四点半了，依然不见徐志摩的身影。

当日的演讲结束后，回到家中的林徽因疲惫不堪，然而等待她的是一枚重磅炸弹——梁思超告诉林徽因，徐志摩依然未回北平。他已经给胡适打过电话，胡适很是担心着急，担心中途有变故。一种不祥的预感让人感到忧心忡忡……

20 日早晨，胡适与林徽因分别看到了北平《晨报》上的消息：

【济南十九日电】十九日午后二时中国航空公司由京飞平，飞行至济南城南州里党家庄、因天雨雾大、误触开山山顶、当即坠落山下，本报记者亲往调查，见机身全焚毁、仅余空架、乘客一人、司机二人、全被烧死、血肉焦黑、莫可辨认、邮件被焚后，邮票灰仿佛可见，惨

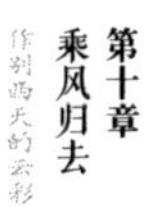

状不忍睹……

后经证实，所谓的乘客，正是中国著名文学家、现代诗人徐志摩先生！

林徽因听罢，踉跄了几下，险些跌落在地。

一代诗魂，黯然离去，这般仓促，恍如上天与人们开了一个大大的玩笑。

徐志摩的父亲年逾六十，当儿子死于非命的消息突然传来，短短几天，已经是天人两相隔。老人难以承受这样的打击，忍不住老泪纵横，几近崩溃。

陆小曼也惊呆了，在徐志摩临行前，她与他刚刚大吵了一架，那些一时气愤说的狠毒话，难道真的应验成真了吗？这一声突如其来的炸响，惊醒了一直沉湎在纸醉金迷中的陆小曼，泪水像是决堤的洪水一般喷涌而出，她默然写下了凄婉哀绝的挽联：

多少前尘成噩梦，五载哀欢，匆匆永诀，天道复奚论，欲死未能因母老；

万千别恨向谁言，一身愁病，缈缈离魂，人间应不久，遗文编就答君心。

11 月 21 日下午，徐志摩的灵柩停在济南福缘庵，后来在友人沈从文、梁思成以及亲戚张嘉铸的主持下，徐志摩的遗体运往上海，由万国殡仪馆重殓，安排在静安寺设奠，最后安葬在徐志摩的故乡浙江海宁硖石镇东山万石窝，墓碑系书法家张宗祥所题。

墓碑上照片中徐志摩依然俊朗清秀，前几日还是生龙活虎的一个生命，如今已经化作一抔土灰。风雨凄凄，冷风习习，吊唁的人们依次而立，怀念着这位英豪短暂而精彩的一生。人生的渺茫和命运的不可知，就像这凄风苦雨，让人感到彻骨的悲凉。

悼念活动结束，在返回北平前，梁思成悄悄地收藏了“济南号”飞机残骸的一块小木板，珍贵地放进自己的提包中，这是林徽因再三叮嘱过的。

徐志摩正是为了赶往参加林徽因的讲座而不幸罹难的，林徽因的心中一直怀着深深的自责。在徐志摩走后，林徽因慨然写下了悼念徐志摩纯真友谊的诗歌《别丢掉》：

别丢掉
这　把过往的热情，
现在流水似的，
轻轻

在幽冷的山泉底，
在黑夜，在松林，

叹息似的渺茫，

你仍要保持着那真！

一样是明月，

一样是隔山灯火，

满天的星，只有人不见，

梦似的挂起，

你向黑夜要回

那一句话——你仍得相信

山谷中留着

有那回音！

斯人已去，多少悲欢离合，全部都被带走了。徐志摩用他的死亡，结束了身后这一世纷纷扰扰的爱恨情仇，至于评价，自然留于后人吧。

公祭之后，林徽因把那片飞机残骸，悬挂于卧室中央的墙壁上。徐志摩轻轻地走了，他把他的彷徨、苦闷、怅惘、欢愉全部交予万里长空，唯一没有带走的，是他轻轻挥别之后，留予人们无尽的诗歌与思想。

后记

轻轻地，他走了，正如他轻轻地来；他轻轻地招手，作别西天的云彩。

想要写徐志摩的传记良久，却迟迟不敢下笔。生怕这文字不够灵性圣洁，玷污了心中这位风度翩翩的大才子。

纵然这样，对于徐志摩了解得越多，就越发地想要把他真实的生命故事分享给更多人，其中的褒贬善恶全都留于后人说道。

如今笔触款款落下，才恍然明白，究竟何人能够写出这般灵动的诗篇，究竟为何新月派的旗帜能够在徐志摩先生的肩上扛起。

优越的家庭环境，多思敏感的性格，大名鼎鼎的授业恩师，关系不浅的好友名流，非同一般的出身定然让这样一个人走出一条不平凡的人生道路。若不是

“开眼看世界”的机会，徐志摩无法写出“最是那一低头的温柔，像一朵水莲花不胜凉风的娇羞”这般清丽的诗句，才子之名自然不是虚设。既然是才子，身边怎么少得了佳人相伴?

从张幼仪到林徽因到陆小曼，一位位风姿绰约的民国女子与徐志摩联系在一起，一个个凄美动人的爱情故事在他们的身边绽放。无论是生与死、存与亡，徐志摩的一生都深深地刻上了爱情的烙印。左手爱情，右手诗篇，在徐志摩的身上归元，幻化为一种梦呓一般缥缈的浪漫气质，这浪漫涤荡着徐志摩的灵魂，显露出一个诗人最淳朴真挚的性情。

前人的功过是非，留于后人评说。历史的印记已然定格，定格在那个激情四射的浪漫年代，定格在后世里徐志摩笔下的诗意篇章。

关于徐志摩，后人已经言说得太多太多，再次提起，只想还原一个真实而全面的形象，对逝去的生命、对曾经的历史深深致敬。

当最后的篇章落笔，天空恰有一架飞机轰轰飞过，转瞬带着隆隆的响声远去了……这场景带走了我的思绪，似乎把我重新带回了徐志摩先生离开的那个雨天。在梦的清波里依洄，仿佛真的跟着徐志摩先生重新活过了一生。那些笑与泪，那些喜与悲，那些不甘与妥协，一幅幅人生画卷似乎真的正在那个历史年代里缱绻展开。

悄悄地他走了，正如他悄悄地来，他挥一挥衣袖，不带走一片云彩。一语成谶，这竟也成了他最后的告别，跨越大半个世纪的时空之隔，仿佛重新回到了徐志摩先生生活过的年代，跟着他重新经历了一生。

斯人已逝，其馨犹存。在他流芳百世的诗作中，在这一笔一字的传记中，愿你能遇见一个鲜活如初的徐志摩。